Karl E. Edler

Ursinia

www.elv-verlag.de

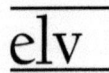

Karl E. Edler

Ursinia

ISBN: 978-3-86267-181-6

Cover: Paul Cézanne "Die Bucht von Marseille, von L'Estaque aus gesehen"

Auflage: 1
Erscheinungsjahr: 2011
Erscheinungsort: Bremen, Deutschland

Europäischer Literaturverlag GmbH, Fahrenheitstr. 1, 28359 Bremen (www.elv-verlag.de).

Bei diesem Titel handelt es sich um den Nachdruck eines historischen Buches aus dem Jahr 1876 Da elektronische Druckvorlagen für diesen Titel nicht existieren, musste auf alte Vorlagen zurückgegriffen werden. Hieraus zwangsläufig resultierende Qualitätsverluste bitten wir zu entschuldigen.

Ursinia

www.elv-verlag.de

Urfinia.

Novelle

von

Karl Erdm. Edler.

Wien.
Faesy & Frick, k. k. Hofbuchhandlung.
1876.

Sr. Durchlaucht

dem

Prinzen Constantin zu Hohenlohe-Schillingsfürst,

erstem Obersthofmeister

Sr. Majestät des Kaisers von Oesterreich

in

dankbarer Verehrung

zugeeignet.

I.

Gleich einem versteinten Riesenstrome wallt der Karst abwärts der Adria zu. Dort, wo sich seine letzte Felsenwelle vor der ersten Meereswoge trotzig emporbäumt, ragt die Burg Duino, und gegenüber steigt eine dunkle Linie am Abendhimmel gespenstig auf, der Patriarchenthurm Aquilejas. Von dort an griff einst diese gewaltige Stadt weit herüber mit ihren Mauern, und noch jenseits derselben umspannten die Gärten ihrer Landhäuser bis unter Castellum Pucinum — heute Duino — die ganze Bucht mit grünem Saume — jetzt eine Oede voll todten Gesteines, um jenen Thurm aber regloser Sumpf, daraus spärlich niedere Menschenwohnung aufsteht.

Eine gespenstige Hand ist über dies Buchtenland gefahren und hat Alles hinweggehascht, als wäre es nie gewesen. Denn nicht hat hier die Zeit, wie sonst wohl, der Menschen Werke sachte zerbröckelt und

milde hingelegt für Epheuranken, daß sie mit ihrem
grünen Leben die Ruinen umwuchern — ein Lächeln
unter Thränen! Dieser Boden mahnt mich an ein
altes Frauenantlitz, das nicht mehr lächeln und nicht
mehr weinen konnte; auch schien es, als wäre nie
vorher ein Lächeln oder eine Thräne über diese ver=
steinten Züge gefahren: so weggewischt war, was in
ihrem Innern aufgeblüht und verwelkt, und wovon
die Sage ging unter den Leuten. Ob sie auch das
schon vergessen, wie — es ist schon lange her — ihr
blühender Spielgenosse einst davongezogen und sie
allein gelassen im Unglück, gleich dem Isonzo, welcher
einst des glücklichen Aquilejas Mauern umarmte, um
sich dann weitab von dem unglücklichen vereinsamten
zu betten? Nur das alte Herz klopfte in der greisen
Frau so für sich weiter, wie auch das Meer noch hier
an die verödeten Felsen pocht; und forschte man etwa
geduldig, so kam wohl zuweilen aus verlorenen
Seelentiefen das Wort: „Das ist schon lange her!"
— wie der tieffurchende Pflug etwa eine goldene
Spange oder ein altes römisches Kaiserbildniß aus
diesem Boden emporreißt — das ist schon lange her!

Wohl lange! Neunzehnhundertmal hat indessen die Erde ihren Rundreigen um die Sonne begonnen. Da muß seither manche der Blumen, welche die tanzende Schöne schmücken, verwelken; und wenn etwelche hinabgeglitten sind, so bleibt die Stelle leer, oder eine frische Knospe wird angesteckt — die gefallenen zertritt achtlos der Eifer des Wirbels. Aber die Sonne ist unwandelbar in der Mitte gestanden. Sie hat vor neunzehn Jahrhunderten so ruhevoll auf das rastlose Erdenkreisen hinabgelächelt wie noch heute, vielleicht auch eben so warm.

Das mochten auch die Drei fühlen, denen sie dort unter den knorrigen Ulmen bei Pucinum eben ihr heißes Mittagsantlitz zukehrte Da war zuerst der Eine, der Weinstock, ein lustiger Geselle; man sah es ihm geradezu an, wie der Sonnenschein gleich Reigenmusik durch seine Glieder fuhr, da er so von Baum zu Baum in anmuthig geschwungener Windung bacchantisch dahintanzte und dazwischen immer wieder einmal mit den dunkelfarbigen Trauben tief und traulich hinabnickte, den beiden Anderen zu. Der Zweite, ein junger Römer, ließ, regungslos gelagert, Ulmen und

1*

Weinlaub ihre Schatten über sich ausschütten. Er hielt dabei die Augen unverwandt nach dem dritten Gesellen gerichtet, der unweit von ihm sich sonnte und behaglich mit den schwarzen Aeuglein blinzelte; auch das kleine Horn, welches sich ihm am Kopfe widerwillig nach rückwärts krümmte, rührte sich zuweilen ganz sachte, und das Zünglein, welches öfters hervorzuckte, als wolle es die Sonnenstrahlen einsaugen, hatte zwei Enden.

Wie nur kam es, daß die zwei Menschenaugen so ruhig hinüberblickten nach solchem Lagergenossen, der furchtbaren Sandviper? Waren das doch nicht die Augen, daraus ein starrer zäher Wille die unsichtbare zähmende Fessel hinüberspinnt zu Wildthier und Schlange: das waren im Gegentheil weichblickende, fromme, eines Dichters Augen; und auch die sanft geschwungenen Lippen mit dem zarten nachgiebigen Zuge um den Mund redeten dieselbe Sprache wie jene Augen, die Sprache traumvoller Dichtung.

Ringsumher unsägliche Stille. In der Höhe blinken die weißen Marmorwände des Landhauses, lautlos dunkelt weit um dasselbe der dichtbebuschte,

Hain, unbewegt stehen die Blumen in dem Garten, soweit sein grüner Streifen längs dem glänzendlichten Streifen des Flusses Timavus sich ausspannt, bis hinab, wo beide gemeinsam im Meere vergehen. Regungslos und lichtübergossen starrt Meer, Himmel und Erde — allenthalben der Sonnengluth stilles heißes Brüten über Bösem und Gutem. Dort reift darunter der Sandviper furchtbares Gift, und unter demselben Strahl der noch in der Traube schlummernde Dionysos; was er erwachend dereinst verleihen wird, Freude, Vergessenheit, Betäubung, Labe oder Gift, wer kann es ahnen? Und wer auch das, was derselbe Sonnenstrahl in der Seele des Römerjünglings zeitigt, ob ihm zum Heile, ob zum Verderben?

— Die Parze aber hatte es ihnen allen Dreien schon zugesponnen.

Lange waren sie so nebeneinander gelagert, der Mann und die Schlange. Vielleicht auch sahen sie und wußten sie nichts von einander, da Eines das Andere nicht hörte: nur die Augen waren herüber und hinüber gerichtet, nicht die Gedanken. Die tanzten auf den zitternden Sonnenfäden, dahin etwa zu altem vorlängst Vergangenen und Durchlebten, auch wieder zu dem, was vielleicht noch kommen sollte.

Ein dumpfer metallener Klang hallt plötzlich in die Stille — der hatte der Sandviper gegolten, welche sich verwundert auf einmal in einem Käfig gefangen sah; ein helles Lachen zuckt dann auf, und die Schlangenjägerin steht vor dem träumenden Jüngling.

Wie das Mädchen jetzt den Schlangenkäfig mit dem herrlich geformten Arm in die Höhe hält, den schönen Kopf emporgeworfen, leicht zurückgebogen den jugendlich biegsamen, schlanken Leib, wie aus dem Antlitz Erwartung, Hast und Furcht der Jagd noch nicht verwischt, und darüber schon wieder die Freude des geglückten Fanges gelegt ist: so wäre sie wohl einem der großen griechischen Steinbildner ein bewundernswerthes Vorbild erschienen. Und wieder einer der Meister des Pinsels hätte sie ihm streitig gemacht, der da erschaut hätte, wie der goldige Sonnenstrahl sie umwebte, aus dem dunklen Haar einen bläulichen Schimmer lockend, über den bloßen

Arm und Nacken liebkosende Lichter legend, daß die ganze Gestalt in dem Glanze zu leuchten schien, und tausende kleiner Mücken sie umschwirrten, als wäre sie selbst ein Licht.

Der junge Träumer aber schaute auf sie hin, wie er vorhin nach der Sandviper gestarrt; vielleicht sah er auch sie nicht.

„Ist es wahr, Aelianus, daß man aus Rom nach Dir gesandt hat?"

„„Ja, Urfinia.""

„Also ist es wahr. — Die Sonne brennt so glühend heiß — ich weiß nicht — es liegt heute so namenlos schwül und schwer auf mir. — Und wirst Du nach Rom gehen?"

„„Ja, Urfinia.""

„Also Du gehst." — Das klang ganz leise und tonlos. Der erhobene Arm mit dem Käfig senkte sich allmälig abwärts und auch der emporgeworfene Kopf.

Sie sah eine Weile vor sich hin. Dann sagte sie: „Ich wollte Dir nur zeigen, wie klug meine gefangene Schlange sein kann. Sieh doch, sie stellt sich todt, und du könntest sie zerschneiden, sie würde sich

nicht rühren. Daß ihr dies die Menschen nicht ab=
lernen mögen, die man aus der Sonne wegfangen
will. — Aber Aelianus, mußt Du denn nach Rom
gehen?"

„„Gewiß, ich muß. Warum frägst Du so?""

„Also Du mußt." — Sie ließ den Kopf ganz
hinabsinken, die Arme hingen ihr schlaff am Leibe. —
„Warum ich so frage? Weil es mir leid um Dich
thut, Aelianus."

Er lächelte.

„Sieh', daß die da im Käfig mit den übrigen,
welche schon gefangen im Hause stehen, nach Rom
wandern soll, weil des Cäsars Weib, Livia, die
seltsame Schlange mit dem Hörnlein am Kopfe sehen
will, das verstehe ich: mag es auch der gewaltsamen
Frau dabei nicht um das Hörnlein zu thun sein,
sondern — wie die Menschen zuweilen flüstern —
um das Gift. Auch dieses Bodens Wein, welcher
zugleich mitgebracht werden soll, weil Livia schon
seit Jahren keinen anderen trinken mag, stimmt dazu"
— ein leises Lächeln durchflog dabei rasch ihr nach=
denkliches Gesichtchen — „auch in ihm mag irgend

ein Böses gähren, weil es mir noch heute den Mund zusammenzieht, wenn ich nur daran denke, wie ich ihn einmal gekostet. So passen wohl die Drei tauglich zusammen, weil sie alle Drei unmilde und zu fürchten sind: die Frau, die Schlange und der Wein. Doch Du, Aelianus, was sollst Du dabei?"

„„Ob Du nicht etwas unbedacht über die mächtige Herrin redest, Ursinia? Auch gehe ich, wie Du weißt, nicht zu ihr, sondern zu Julia, des Augustus Tochter.""

„Also zu Julia. Wohl, ich wußte es ja schon." — Das kam wie unterdrücktes Schluchzen herauf aus der Brust. — „Doch eben dies ist es, Aelianus! Gegen der Livia Gifte gibt es Vorsicht in der Seele und wohl noch Heilmittel bei dem Arzte, dagegen jedoch keines — gar keines."

„„Gegen was, Ursinia?""

„Sie haben davon erzählt, oft und viel — erst unlängst wieder in der Arena zu Aquileja. Eben hatten sie dort gegen eine buntschillernde Schlange ein großes starkes Wildthier losgelassen, welches alsbald trotzig auf den kriechenden Gegner losstürmte.

Da — plötzlich — hält es an und steht festgeheftet — ein Zittern durchrieselt den gewaltigen Körper; und so bleibt es und harrt bebend des langsam anschleichenden Feindes, so läßt es sich widerstandslos von ihm umschlingen und zerdrücken. Rings um mich sagten sie staunend: Das hat das Kriechthier mit seinen Augen allein vermocht. Die alte Drusa jedoch, meiner Mutter Schwester, welche neulich von Rom heimgekehrt, flüsterte mir in's Ohr: Wie sie doch thöricht sich wundern! Als wären solche Zauberaugen nur den Schlangen eigen! Ich weiß von viel gefährlicheren, und die ärgsten funkeln in dem schönen Kopfe der göttlichen Julia, des Cajus Octavianus Tochter, den sie Augustus nennen. Ganz Rom ist eine große Arena geworden, darin jene zwei Augen Zauber und Verderben blicken — allen jungen Römern!"

„„Augustus hat, wie es scheint, wenige Freunde zu Aquileja, und seines Hauses Frauen nur Feindinnen, denen etwa Aeschylos ein guter Rathgeber wäre:

Euch Frauen mahn' ich, zähmet euere Zunge! Schweiget,
Wo Schweigen frommt, und redet, was zum Nutzen dient!

Sie aber reden nur, was ihnen und Anderen zum Schaden dient. Daß sie auch Dir bange machen konnten! Du bist doch sonst so muthig, Ursinia, und sieh', da hast Du eben selbst in Deinem Käfig solch' ein gefürchtetes, zauberkräftiges Ungethüm lächelnd bezwungen!"«

„Lächelnd? O nein — zitternd! Sie läge sicher vor mir jetzt noch dort im Sonnenscheine, wenn sie Dich nicht bedroht hätte — und was kümmerte mich auch die Cäsarentochter mit ihren Augen, wenn sie nicht Deiner begehrte? Muthig nennst Du mich? Wohl, für mich, nicht für Dich! Du thust mir leid, Aelianus, bitter leid, — doch nein" — sie schlug beide Hände vor das Gesicht, aber die Thränen quollen zwischen den Fingern hervor — „nein, auch ich selbst thue mir leid. Nicht daß Du fortziehst und nicht mehr da bist: das wird mich schmerzen, wie immer, allein ich bin es gewohnt. Du bist ja so oft nicht daheim. Wenn wir dann vereinsamt sind, sitze ich täglich mit Deinem Vater unten am Strande, und wir blicken hinaus auf das Meer. Er beginnt mir zu erzählen von seinem Bruder, meinem Vater,

den er so lieb gehabt, und der so jung gestorben,
daß ich ihn gar nicht gekannt; und während er so
redet, werde ich jedesmal erst verwundert inne, daß
er nur mein Oheim ist, und ich nicht Deine Schwester;
so ist er mir stets ein treuer wahrer Vater erschienen,
Du ein Bruder. Wenn er dann nicht mehr erzählt
und mich erwartungsvoll ansieht, dann weiß ich,
wonach ihn verlangt. Ich rede ihm dann von Dir:
wo Du nun sein magst, was Du etwa eben thust,
ob Du unser zuweilen gedenkest, wann Du wohl
heimkehrest. Und dies täglich Alte ist uns ein täglich
Neues: ihm, es anzuhören, mir, es zu sagen. Daß
wir aber so beisammen sitzen und von Dir sprechen,
und wenn wir stille geworden, noch an Dich denken
und Deiner harren, Stunde um Stunde, so nur
ertragen wir es Beide geduldig. Jetzt gehst Du wieder
fort und wirst nicht da sein, und der Vater wird
mich wieder an den Strand hinabführen. Erwartungs=
voll wird er mich dort anblicken wie sonst — ich
aber ihm nicht mehr reden können von Deiner Heim=
kehr; ich werde die Augen niederschlagen müssen vor
seinen alten, treuen, wahren Augen, daß er nicht

merkt, was ich weiß. Denn versagt nach dem Rath=
schlusse der Götter ist Dir schon die süße Heimfahrt:
gerufen bist Du in die große Arena, hinzutreten ein
Gegenkämpfer vor die Augen jener Cäsarentochter
— o Du kehrst nimmer zu uns!"

„„Kind!"" — sagte er lächelnd und strich ihr
leicht über die Haare. Dann zog er ihre Hände hinab
und blickte, dieselben festhaltend, in das thränen=
überfluthete Antlitz. — „„Kind! Ist es mir doch in
diesem Augenblicke, als wären alle diese Jahre nicht
hereingekommen, als säße ein kleiner böser Bube
neben einem kleinen guten Mädchen und erzählte ihr
wilde Irrfahrten, die er demnächst vorhabe. Sie
waren alle so ungeheuerlich, daß des Odyffeus
schmerzliche Meerfahrt dagegen nur erschien wie ein
Lustwandeln zwischen hier und Aquilejas Forum.
Dem wüsten Jungen wäre es nicht darauf ange=
kommen, sich dabei ohneweiters auch den Mond
oder die Sonne als Reiseziel auszuersehen, wenn
nicht das Mädchen so herzzerbrechend zu schluchzen
angehoben hätte. Wie groß doch seither das kleine
Mädchen geworden ist — laß messen, Urfinia — bei

den Göttern! fast bis an meine Schultern reichend; und klug und großherzig und gut, daß man es nicht ermessen könnte, ist sie dabei geblieben. Auch das herzzerbrechende Schluchzen über den bösen fahrlustigen Jungen hat sie noch nicht verlernt — Kind!"'

Sie lächelte hell auf durch die Thränen. "O, wäre es doch noch so, und ich das selige Kind noch, da ich allezeit um Dich gewesen bin, und Du nie ohne mich, weil Niemand Dich verstand wie ich, wenn damals schon durch Deine junge Seele schwebte, was Du jetzt in Liedern niederschreibst. So oft Dein Vater Dich staunend ansah, wenn das geheime Leben in Dir laut wurde und in einem Worte überquellend hinaustrat, da wußte ich die anderen Worte dazu, die ungesprochen in Deinem Innern geblieben. Waren doch meine Füße in Deinen Fußtapfen gegangen, und meine Seele allerwegen in den einsamen Fährten der Deinen. Empor zum Olymp unter die ewig lächelnden oberen Götter schwang sich meine Seele mit der Deinen, hinab zu den traurigen Schatten stieg ich an Deiner Seite, nach fernen Inseln und sagenhaften Gestaden, über Lande und Meere rissest Du mich mit Dir. Und zogst Du heute nach Kolchis, das goldene Vließ zu erkämpfen, morgen mit Achilles vor das heilige Ilion oder mit den Sieben vor Theben, durchfuhrst Du im Sturm die salzige Fluth mit dem vielgeprüften Odysseus — ich war bei Dir! Mit Deinen Augen sah ich mich um unter den Dingen der Erde: in den Nebelwolken erschaute ich mit Dir die thronenden und kämpfenden Götter, im dunkelnden Hain den Reigen der Nymphen, in jeglicher Blume, was sie Dir bedeutete. Glaubensstark sah ich Dir zu, wenn Du am Strande Schiffe bautest und sie mit strengen Befehlen hinaussandtest über das Meer nach Athen, zu den Säulen des Herkules, wohl auch eines nach dem rauhen Britannien. Bebend schritt ich Dir nach, den Köcher tragend, wenn Du mit dem Bogen auszogest, nach der lernäischen Hydra zu fahnden oder dem nemeischen Löwen, und sobald Du muthig alle Pfeile ausgeschossen, suchte ich mit Bangen hinter den Büschen im Grase die erlegten Ungethüme.

Am schönsten aber war es doch des Abends —

da saßen wir enge aneinander gelehnt unten im Garten unter den Rosen. Von Aquileja herüber klang zuweilen ein sachte verzitterndes Tönen, unter uns rauschte das Meer. Helle Segel strichen leicht durch die glitzernde Fläche, weit, dort, wo Himmel und Meer zusammenfließen, standen Schiffe wie unbewegliche, schwarze Punkte. Blickten wir rückwärts, ragten dort die hohen, dunklen Berge, der Himmel ruhte auf ihren Häuptern, und die Wälder stiegen von ihnen hinab zu uns. Wir aber spähten hinaus und saßen erwartungsreich, als sollten die fernen Schiffe uns etwas zutragen, oder auch von der anderen Seite die niedersteigenden Bergwälder uns etwas herabbringen — etwas Wunderbares, von dem wir noch nicht wußten, was es war.

So ging es weiter, und ich wußte nicht, daß die Tage dahinflossen und die Jahre. Dann kam es einmal, daß ich sterbenskrank darniederlag aus Sehnsucht nach Dir, der damals zum erstenmale fortgezogen war, nach Griechenland. Seither ist es anders geworden: seltsam verwandelt bist Du zurückgekehrt, stille in Dich versunken, Dein frohes Lächeln

haſt Du uns nicht mehr heimgebracht. Das Schwert
legteſt Du nieder, und die Lyra faſſend wandelteſt
Du abſeits und einſam. Ich wagte nicht mehr mit
Dir zu ſein wie ehedem — Du ſaheſt an mir vorbei
und redeteſt nichts; ich wagte nicht mehr mit Dir zu
gehen wie ſonſt — leiſe rührten ſich Deine Lippen,
und Dein Geſicht war feierlich bewegt, als ſchritteſt
Du nicht allein, ſondern mit unſichtbaren Göttern
dahin längs des Meeres.

Und ich ſtand und ſtaunte Dich an. Es war mir
wie dem Kinde, welches täglich überall und immer
mit der Mutter gewandelt iſt, auf Weg und Steg
ſich an ihrem Kleide rückwärts feſthaltend, daß es
ſich nicht verliere und verirre. Nun auf einmal ſteht
es und ſtarrt verwundert, da die Mutter ein neues
feſtliches Gewand angethan hat: unkenntlich verwan=
delt, feierlich unnahbar iſt ihm das Gewohnte ge=
worden, ſcheu blickt es von Weitem, oder wagt wohl
etwa auch einmal leiſe mit der Hand an dem Fremden
zu rühren — wie ich in dieſer Stunde an Deinem
verwandelten Herzen, Aelianus.

Nur einmal ſeither iſt es geſchehen, daß Dir die

Seele wieder flackernd emporflammte, wie eine halb erstorbene Kohle aufglimmt, wenn sie der Lufthauch überweht. Nicht von uns her kam Dir der Lufthauch — er kam von jenem blassen Manne mit den glühenden stolzen Augen, welcher von Rom nach Aquileja gereist war und dann auch unser Landhaus betrat. Als er sich Dir nannte, da neigtest Du vor jenem Publius Virgilius Maro das Haupt wie vor den Unsterblichen. Dann warst Du an seine Fersen geheftet, so lange er in Aquileja verblieb, und seit Du ihn hinaufgeführt, wo des Timavus Gewässer aus dem Berge brechen, warst Du froh wie ehedem. Endlich ging er, und die Seele dämmerte Dir wieder ein, die Flammen sanken abermals in Asche. O, ich wollte darum, jener stolze Mann käme wieder und wäre mit Dir — wenn Du dann auch wieder nur für ihn leben würdest, wie damals, und unser nicht achtetest, als wären wir gar nicht. Rufe ihn, Aelianus, jenen bleichen Virgilius, Du hattest ihn lieb, er wird kommen!"

„„Er ruft mich, Ursinia, er hat mich lieb, und ich werde kommen! So ist es an jenem Tage be-

schloffen worden, da ich mit Virgilius am Ursprunge
des Timavus stand. Ich habe nicht davon geredet —
wozu auch sollte ich Euch damals schon damit Un=
ruhe in das Herz träufeln, Dir und dem Vater?
Ihr hättet mich doch nicht verstanden, wie Du auch
in dieser Stunde nicht begreifst, daß es meine Seele
mit dämonischer Gewalt nach Rom verlangt, weil
sie hier dahinsiecht und verschmachtet. Und doch hast
Du den Gewächsen oftmals nachgesagt, daß sie ihre
Blüthen stets der Sonne zukehren. Auch jene eine
Blume im Garten oben hast Du verstanden, die fahl
und farblos verkümmerte, weil sie ewig im Schatten
stand, und alle ihre sparsamen Zweiglein und müden
Blättchen sehnsüchtig dorthin streckte, wo in der Weite,
ihr schier unerreichbar, die Sonne schien. Grubst Du
sie doch weichherzig mit allen ihren Würzlein heraus,
um sie mitten in das warme Licht zu pflanzen und
— sieh' doch, jetzt erkenne ich die rothe Blüthe in
Deinem Haare: die Blumen sind Dir dankbar, Ur=
finia! So ist denn auch meine Stunde gekommen,
da ich aus Schatten an die Sonne hervorgeholt
werde, und Virgilius ist es, der mich durch des

Augustus Tochter herausruft nach Rom. Nicht ich — lächle doch wieder, Ursinia — soll in die schreckliche Arena Deiner schwatzhaften Drusa, sondern meine Verse, von denen Virgilius vor Julia geredet. Virgilius aber ist groß und edel, er will mir nur Gutes und Liebes. Kind, thörichtes kleines Mädchen, das da weint statt zu lachen, und sich grämt statt sich zu freuen!"'

Er strich ihr dabei noch einmal leicht über den Scheitel; davon glitt die rothe Blüthe aus ihrem Haare und fiel zu Boden. Er sah es nicht und schritt über sie hinweg, und dann weiter, ohne sich umzusehen, hinab gegen den Meeresstrand.

Sie stand noch immer, als seine Schritte schon längst verhallt waren. Große Thränen rollten über ihre Wangen herab. So schütteln der Bäume Blätter die Regentropfen erst lange nachher zur Erde, wenn der Wind schon vergessen hat, daß er die dunklen Wolken hinweggehaucht, und meint, nun sei es vollbracht, und jetzt nur an der Sonne, hervorzubrechen mit ihrer Strahlenmacht.

„Wie der Blume, die ewig im Schatten stand, ist Dir bei uns um das Herz gewesen!" — sagte sie klanglos und leise vor sich hin.

Dann blickte sie lange hinab auf die zertretene rothe Blüthe zu ihren Füßen. „Du thust mir leid, Aelianus!" — quoll es auf einmal wildschmerzlich aus ihrer Brust hinauf, und ein Schauer durchfuhr ihren Leib, daß die Sandviper sich darob zu regen begann, sachte das Horn rührte und mit dem zweigespaltenen Zünglein hervorzuckte.

Dann waren auf der Stelle unter den Ulmen und Reben nur noch der Sonnenschein und die immer länger sich dehnenden Schatten.

Später noch kamen Mädchen herbei, fröhliche frische Kinder. Lebendig regt es sich alsbald in den weitschweifenden Weingewinden von dem Landhause an bis unter Castellum Pucinum, und als durchirrte sie ein Chor freudetrunkener Bacchantinnen, wird es allenthalben laut von hellem Lachen, munteren Sängen, scherzhaftem Necken. Die dunkelfarbigen Trauben sinken dabei, eine nach der anderen, in große Körbe, und diese wieder tragen dunkelfarbige Sklaven ächzend durch den Garten und Hain dahin nach dem weißen Marmorhause in der Höhe.

Also hatte es ihnen die Parze zugesponnen, den drei Gesellen, Mann, Schlange und Wein, die sich bei den Ulmen gesonnt. Und es war geschehen, daß ihr die drei Fäden unentwirrbar zusammengerathen waren zu Einem, und die Spitze der Spindel dabei gegen Mittag gewiesen hatte, nach Rom.

II.

Auf dem Esquilinus ragt ein herrlicher Palast. Gleich einer Riesenblüthe taucht er empor aus üppigem Grün; denn Gärten von unvergleichlicher Schönheit umstehen den Bau und steigen neben ihm weithin den Berg hinan und wieder hinab. Dort, wo sie die höchste Höhe zu erklimmen anheben, baut sich eine Treppe auf; sie führt zu einem freien Raume, der sich oben in mächtiger Runde breitet.

Hier stand Jener, den es aus Pucinums Schatten hinwegverlangt, und neben ihm, der ihn an die Sonne gerufen. Sprachlos blickten Beide hinab — zu ihren Füßen, tief unten, lag die Herrscherin Roma, die Stadt der Städte. Plötzlich wies Virgilius mit der ausgestreckten Hand gegen Untergang, wo sich in einer der schmäleren Gassen ein geringes Häuflein Menschen zusammengeballt hatte. Aber es wurde ein seltsamer Anblick, wie sich jetzt von dem kleinen Knäuel ein schier endloses Gespinnst abzuwickeln begann: Mensch trat an Mensch, unaufhörlich und immer schneller, je weiter, so daß der lebendige

Faden alsbald die ganze Gasse durchspannte. Aus deren Enge hervorlangend ward er sofort von einem gleichen aus der nächsten Straße her umschlungen, dann bald von einem dritten — und schon spannen allüberall die langen Fäden zu ihm heran, und verwebten und durchknoteten sich mit ihm zu einem dichtgefügten Riesenbande, wie vom Windhauch sachte aber beharrlich erregt.

Dabei hatte es Anfangs herüber getönt, wie Hirtenruf, ferne verhallend, dann jedoch allmälig sich gewandelt zu dem ruhelosen sanften Summen von Millionen Bienen, die um den Hirten über Heideblumen schweben. Bald war auch das verstummt; denn gleich dem Winde, der über die Heide einherschleift, hatte es sich erhoben, der Wind schwoll zum Orkan — zuletzt verschlang Alles ein gewaltiges ungeheueres Tosen, wie der Donner, welcher die Himmel durchrollt: „Heil Augustus! Heil Julia!"

Virgilius streifte mit raschem Blicke das erblaßte Gesicht des Aelianus. „Du hast" — sagte er — „seit Deiner Kindheit dem Meeressturm gelauscht, wie er

an den Felsen von Pucinum tost — es ist auch nur
ein Kinderscherz, der Hadria Zürnen. Jetzt erfährst
Du, wie dies riesenhafte Rom stürmt, das Allmeer,
darin des gesammten Erdkreises Völkerstämme mün=
den. Und nur ein Freudensturm ist, was zu Deinem
zagenden Ohr hinaufschlägt; der Mann aber, an
dem er dort unten emporbrandet, er ist ohne Wanken
gestanden, ein unerschütterter Fels, auch als dies
ungeheuerliche Weltmeer mit Titanentrotz ihn um=
kämpfte. Heute freut es sich blos des Wiedergenesenen,
welchen Krankheit einige Zeit im Hause hielt. —
Auch Deine Stunde ist damit gekommen, Aelianus:
der erste Ausgang des Cäsars gilt den Gärten des
Mäcenas, in deren duftiger Frische Stärkung zu
suchen. Denn der Volksschwall wälzt sich hierher
gegen den Esquilinus, und immer lauter wird der
heranfluthenden Menschenwogen Tosen."

Heil Augustus! Heil Julia! — brauste es noch
einmal auf am Fuße des Berges, wo die Menge
sich staute und hierauf zurückfloß. Wieder zerfiel das
Riesenband in seine Fäden, die auseinanderfuhren,
um dann, jeglicher für sich, hierhin und dorthin zu

spinnen. Auch das Tönen sänftigte sich gemach, daß es wieder zum milden Summen ward, und endlich zu fern verzitternden Rufen. —

Langsam schritt der Mann, welchen der Volks=
jubel so hierher geleitet, die Höhe hinan. Obgleich von Krankheit noch ermüdet, stützte er sich nur leicht auf den Arm einer Frauengestalt; es war mehr Zärtlichkeit als Bedürfniß nach Unterstützung darin, wie sein Arm auf dem ihren lag.

Hinter ihnen schleifte nachlässigen Ganges, auf zwei Sklaven gelehnt, der Herr dieses Palastes und der Gärten, Mäcenas. Weder krank noch müde, liebt er es, verzärtelt zu erscheinen und sich in warme Kleidung zu vermummen. Dabei spricht er eifrig zu dem beweglichen Manne an seiner Seite, der ihm öfters nur mit einem Lächeln antwortet. Es ist ein seltsames Lächeln, in träumerischer Wärme aus=
strahlend, durchzuckt von jähen Blitzen, und diese beiden widerstreitenden Lichter gedämpft durch den Schleier, welchen ein geschmeidig zuvorkommender Zug davor breitet: so lächelt der Odensänger, Satyren=
dichter und Hofmann Horatius, des Mäcenas Freund.

Vor der Treppe angelangt, ließen sich die Männer auf Sitze nieder, um auszuruhen. Des Augustus Begleiterin steigt allein hinauf, und jetzt beginnt die breite, mächtige Pracht dieser Stufen sich erst zu offenbaren und zu wirken, da die hohe stolze Frauengestalt über sie hinschreitet. Auch die Marmorbilder der Götter zu beiden Seiten der Treppe treten plötzlich sichtlicher hervor aus dem grünen Blättergrunde: sie geleiten die Hinansteigende von Stufe zu Stufe und lächeln ihr zu mit ihrem unsterblichen Lächeln. Dann aber, als sie die Höhe erreicht und sich zurückwandte, blickten sie zu ihr empor, und ihre beiden Reihen flossen jetzt in ihr zusammen, als in ihrem Ende, ihrer Höhe.

So stand sie in stiller Majestät, wie die hehrste der Göttinen, groß und unbewegt in die wunderbar klare Luft empor.

Aber sie sah nicht hinab nach den steinernen Göttern, noch nach den lebenden Menschen am Fuße der Treppe. Die sonnige Weite durchjagte ihr Auge mit unsicher irrendem Spähen. Nach einem Bilde fahndet sie, wie es nebelhaft umrissen in ihrer Seele aufsteigt, von dem sie nicht wußte, was es sei und bedeute — einen Ton will sie erlauschen, der ihr im Ohre lag, und den sie doch nicht singen konnte — nach einem Worte horcht sie auf, welches ihr Herz erbeben macht, aber sie weiß es nicht zu sagen.

Düster, fast drohend haben sich über diesem starren Blicke die Brauen an einander gedrängt, um die Lippen zuckt es eiskalt wie unsägliches Verachten.

Eine ganze Welt liegt zu ihren Füßen — sie ist die Tochter des Cäsars, eine ganze Welt jauchzt auf bei dem Anblicke ihrer Schönheit — sie ist Julia! Doch welche Welt! Nicht mehr wandeln die Götter durch sie hin, und auch der Göttersöhne dröhnendes Schreiten ist längst verhallt: vollendet sind ihre Riesenwerke, gethan die großen Thaten, der Erdkreis erobert. Kämpfende Fluthen erstarrten zum Sumpfe, schlafen gegangen sind der gewaltigen Zeiten gewaltige Heldengestalten; dem alt gewordenen Geschlecht fehlen die Thaten, oder den Thaten ein neues Geschlecht. In dem unterjochten Weltreiche gibt es nichts mehr zu erstreben und zu erringen, Einer ist da, der für die ganze Welt will und handelt — Augustus. Nur zum Genießen ist noch Raum.

Was soll der Tochter jenes Augustus dieser millionenköpfige Sklavenmarkt, was dies gesunkene Menschenthum, ihr, aus Götterblut entsprossen, den Göttern gleich)!

Wohl ist sie hinabgestiegen zu ihnen, wie in der Urzeit auch andere Unsterbliche zu den erdentstammten Menschen, sie hat zu vergessen gesucht, was jene sind und was sie. Denn furchtbar hoch war sie hingestellt über die Welt, so daß es sie gefröstelt in ihrer Wolkeneinsamkeit. Was die Erde noch besaß, und worin ihr Leben sich noch darzuleben vermochte, den Genuß, hat sie unter ihnen erfaßt, wild, grenzenlos, unersättlich, unerschöpflich. Doch die gewaltigen Götter genießen auch göttlich, nicht kann ihnen genügen, was ihnen mit menschlichem Maße zugemessen, und nennten es schwachsichtig die Irdischen auch immerhin übermenschliches Maß. Und so ist es ihr gewesen, wie der Trunk aus salziger Meerfluth dem rasenden Durste des Schiffbrüchigen. Wie dieser dann im Wahnsinn von süßen

Wasserquellen träumt, um daraus zu desto entsetzlicherem Verschmachten zu erwachen, so träumt auch sie zuweilen.

Das ist der suchende Blick, das harrende Lauschen, mit dem die Cäsarentochter dasteht, wie ein Steinbild in den Gärten des Mäcenas.

Immer starrer wird dieser Blick, bis er sich zuletzt unbewegt in die luftige Leere bohrt, als müsse es dort auftauchen — Blick oder Ton — und hineintreten in die goldenen Lichter vor ihr Angesicht.

Und so steht es auch auf einmal vor ihr — ein Göttersohn in jugendlicher Vollkraft und Schönheit, wie sie einst einhergezogen, die Erde zu gestalten nach ihrem Sinne. Virgilius hält ihn an der Hand, neigt sich ihr, und nennt ihn Aelianus. Da sie aber das Feuer ihrer Augen über ihn gehen läßt, steigt eine feine Röthe in sein gebräuntes Antlitz, und er schlägt die Augen nieder.

Julia lächelt.

Die vornehmen Römerjünglinge, durch deren Reihen sie eben mit ihrem Vater gegen den Esquilinus geschritten, hatten aufgejubelt: Heil Julia!

und tausende Augen in verzückter Bewunderung nach ihr gestarrt. Mancher darunter hatte dabei wohl auch gelächelt, wie in süßer Erinnerung, leise, geheimnißvoll, kaum merklich; denn gefahrvoll ist es, der Göttinnen Gunst nicht zu vergessen, und Ixion büßt solch' erinnerungsstarkes Lächeln im Hades an dem Feuerrade. Alle diese mit den offenen Augen, die da sahen oder gesehen hatten — das ist Vergangenheit, der Jüngling vor ihr mit den niedergeschlagenen Augen, die erst sehen werden — die Zukunft.

Darum lächelt Julia. Der Meister, der die Göttergestalten der Marmortreppe dort unten geschaffen und ihr seliges Lächeln, hätte er wohl den Muth, dieses wunderbare Weib zu meißeln, wenn er ihre Lippen lächeln sähe, wie jetzt?

Eine Stille folgte, wie unmittelbar nach einem mächtigen Blitze, ehe der stille weite Himmel seine Betäubung in lauten Donnern abzuschütteln vermag. So war es durch die Seele der Cäsarentochter gezuckt.

Dann aber löste sich dies Schweigen in der freundlichen Ansprache, welche Augustus, der jetzt mit den Anderen emporgestiegen war, an Aelianus richtete. Er wußte bereits von ihm und seinen Dichtungen, welche in seinem Triklinium Virgilius vorgelesen. Mit Horatius endlich war Aelianus schon in den ersten Tagen bei Mäcenas zusammengetroffen, wo ihn Virgilius eingeführt, und so kam ihm von Allen nur Freundliches und Ermuthigendes. Als sie sich dann nach Hang und Neigung in der hochgelegenen Runde vertheilten und niederließen, winkte ihn Julia zu sich.

„Hat man Dir" — sprach sie ihn an — „seit Du in Rom angekommen, noch nicht gesagt, Oktavianus sei vielvermögend, ich aber, des nachgiebigsten Vaters Tochter, noch viel mehr, ja allvermögend? Mißtraue dem Volke der Quiriten, Aelianus, es liebt zu täuschen. Julia ist nicht allmächtig, ja zuweilen ganz und gar machtlos den Wünschen ihres Herzens gegenüber. So ist mir einst, da Virgilius uns Verse vorgelesen, ein Verlangen aufgestanden, Rom zu verlassen und fortzuziehen. Wohin? O, nicht nach Indien etwa, die Meeresgötter zu versuchen, ob auch sie Julia hold, nicht einmal unter die waldseſſigen Wilden Germaniens, zu hören, wie der zahmen Römer: Heil Julia! in deren Barbarenſprache klingen mag. Viel näher, nach einem Felſen nur, den der Hadria Wogen umbrauſen! Du kennſt ihn, Aelianus. Denn Deine Lieder ſind es, denen meine Sehnſucht nach ihm entkeimte, aus ihnen weiß ich, daß ein traumreicher Erdenwinkel Pucinum heißt. Daran ſieh' nun, wie unmächtig Julia iſt — in Rom noch weilt ſie zu dieſer Stunde.

Doch die Götter haben es wohl gefügt, daß jeglicher Sterbliche ſeine Heimat mit ſich nimmt und hinausträgt nach der Fremde in Geberde, Antlitz und Sprache, zumeiſt der Dichter auch in der Seele und, was dieſe ausſtrömt, in ſeinem Liede. Da biſt Du nun, und ſo haſt Du Deine Heimat mir mitgebracht als Gaſtgeſchenk. Dankbar nehme ich es an, und will, es zu empfangen, die Augen ſchließen: dann meine ich, ich ſtehe hoch oben auf Pucinum, Du aber biſt mit mir emporgeſtiegen, meinen Augen und Fragen ein treuer Führer Deiner Heimat."

So klang das Frühlingsgewitter aus, darin ſich

der Blitz, wie er vorhin durch Julia's Seele auf=
gezuckt, entladen.

Nun saß sie, die Augen geschlossen, um die Lippen
ein unsäglich reizendes, fast schalkhaftes Lächeln, daß
darin die hoheitsvolle Strenge sich ganz gelöst hatte,
und die unnahbare Schönheit ihres Antlitzes jetzt
milde und entzückend aufleuchtete. Der Strahlen=
schimmer des Diadems auf ihrem Haupte schien ganz
erloschen: man sah es nicht mehr, man sah nur jenes
glänzende Lächeln.

So lächeln die Götter, wenn sie unerkannt den
Sterblichen nahen wollen.

Aelianus aber hatte die niedergeschlagenen Augen
gehoben, und indem er seine Blicke in dies Lächeln
versenkte, stand er auf Pucinums Felsen. Die Heimat
that sich vor ihm auf, die Zeit floß zurück und noch
einmal vorüber, und sein Leben in ihr. Wie im
Traume redete er vor sich hin und führte sie, welche
da so lächeln konnte, dahin durch alle Wege der Kind=
heit, durch das Zauberland der Jugend. Das Meer
begann zu tönen und zu spielen mit ungezählten
Lichtern und Farben: was er ihm abgelauscht in Sturm

und sonniger Ruhe, was der Timavus ihm auf schäumender Woge entgegengebraust — das waren seine Lieder: aus den Blumen waren sie aufgestiegen im Dufte, der Bäume Kronen hatten sie gerauscht, geheimnißvoll der Hain ihm zugeflüstert. Und neue Sänge erklangen in dieser Stunde, wie von selbst, tönende Erinnerungen aus dem Traumreiche der Kindheit.

Denn als aus dem blitzerstarrten Himmel in Julia's Seele die verhaltenen Stimmen des Frühlingsgewitters in jenen Worten laut geworden, da war auch die Zeit dessen gekommen, was lange in Aelianus sich geduldet. Keime steigen, von solchem Frühlingslaute gerufen, verwundert über sich selbst aus der Tiefe, Knospen öffnen die schlaftrunkenen Augen, streifen die nächtlichen Hüllen von den farbenglühenden Gliedern, und die duftigen Blumenleiber zucken urplötzlich empor in den sonnigen Morgen; zurückgehaltene Klänge geben Laut, reihen sich unvermerkt zu Frühlingsmelodien, und zittern selig dahin, und tönen sanft und zögernd aus.

Alles hatte die Seele schon in sich getragen,

nur ungesehen, ungehört, wie die Muschel heimlich das Brausen des Oceans in sich einschließt.

Julia aber hatte ihr Ohr daran gelehnt. —

Der Abend war darüber gekommen, der ganze Himmel flammte auf in einem gewaltigen Brande. Horatius stand einsam und blickte gegen Untergang. Ein lieblich Thal lehnt dort am Sabinergebirge, geheimnißvoll umschattet von uralten Bäumen; in denen flötet die Nachtigall, darunter weiden Heerdenthiere durch hohes Grün, die Rebe lustwandelt zwischen den Stämmen, und dazu murmelt die Digentiaquelle. Horatius hat dies Thal tief in sein Herz geschlossen: es ist Alles, was er sein eigen nennt, sein Landgütchen, sein trautes Heim, wohin es ihn immer wieder lockt aus dem wüsten Treiben der Stadt, aus der Mächtigen Umgang. Heute aber hat er es doppelt liebgewonnen, wie ein Kind, das man dem Tode abgerungen: auf dem Wege nach dem Esquilinus hatte Mäcenas von des Augustus Wunsche gesprochen, Horatius möge sein Geheimschreiber sein. Horatius hat höflich seiner leidenden Augen Schwäche beklagt und dankend abgelehnt.

Und seltsam — da er dies einflußreichste Amt von sich gewiesen, hatte er nichts Anderes gefühlt, als eine unwiderstehliche Sehnsucht nach einem Bade in der eiskalten Digentia. Eben hat er Mäcenas mitgetheilt, daß er morgen Rom verlasse, und jetzt läßt er ungeduldig die Augen schon im Voraus wandern.

Einsam auch steht auf der entgegengesetzten Seite der Runde Virgilius. Wie Sterne, die über dem dämmernden Rom aufgegangen sind, strahlen seine Augen hinab in heiligem Glanze. Was dort unten allmälig entschlummert, die überherrliche, unüberwindliche, ewige Stadt füllt sein Herz, seinen Geist, sein Leben: an sie denkt er im Wachen, von ihr träumt er im Schlummer, sie ist einzig sein Sinnen, seine Dichtung, seine Liebe, sein Alles. Und wie seine Augensterne jetzt hinableuchten, beginnen sich seine Lippen leise zu regen, und ungerufen, unbewußt quillt Vers auf Vers hervor, da er der Vergangenheit Roms gedenkt und seines Anfanges, des frommen Aeneas.

Dort aber sitzt des Aeneas Erbe Octavianus. Er gedenkt der Zukunft Roms, und als spräche er von deſſen Ende, klingt es düſter Mäcenas in das Ohr. Die Krankheit hat Auguſtus an das kommende Schickſal ſeines Hauſes gemahnt, dem kein Sohn erblüht iſt, nur eine Tochter — Julia. Alle ſeine Sorgen hat er in dieſer Stunde vor ſeinem vertrauten Freunde ausgeſchüttet. Nun ſchweigt er, und ſchmerzlich bricht es aus dieſen Augen hervor, deren Blick ſonſt gebietend die weiten Lande und Meere umſpannt von Libyens Sandocean bis nach Britannien, vom hiſpaniſchen Tagus bis zu Meſopotamiens Euphrates. Von den Marmorbildern unten ſtrömen ſchwarze Umriſſe aus und recken ſich über die Treppe, immer rieſiger, je tiefer die Sonne geht; darüber tritt ihm wieder gelaſſene Zuverſicht in die umdüſterten Züge: auch die ſeligen Götter haben ihre dunklen Schatten und ſtehen dabei doch ſo ruhevoll, ſo ſtill, ſo groß.

Und ſo ſtill auch ſaß dort Julia. Der alte Traum, wie er dem durſtgequälten Schiffbrüchigen vorgaukelt, war über ſie gekommen: nicht um den Preis jenes Roms zu ihren Füßen wollte ſie ihn verſcheuchen. Erquickung tröpfelte der faſt kindliche Reiz von Aelianus' Erzählung in ihr glühendes Herz, ein linder

Hauch hob sich und wehte herüber aus seinen Liedern; und der da neben ihr redete, war ihr geworden wie eine blühende Insel mit süßen Wasserquellen, die emportaucht aus der Salzfluth.

Aelianus hatte aufgehört zu sprechen, Julia hob die gesenkten Lider.

„Wer ist Urfinia?" — Dies war das Einzige, was ihr von ihrem Führer in Pucinum zu fragen blieb, und düster wie die Nacht dunkelte es dabei in ihren Augen.

„„Meine Schwester."" — Er wußte kaum, was er sagte und warum er so antwortete.

Da entstieg es der schwarzen Nacht ihrer Augen wie schimmernde Morgenröthe, aus dieser aber brach urplötzlich die Sonne hervor über Aelianus, leuchtend und versengend, lebenweckend und verzehrend.

„Rom" — sagte sie, sich erhebend, um mit dem Vater heimzukehren — „flüchtet zu dieser Zeit, obzwar die Trauben schon reif geworden, immer noch in der Berge Kühle und nach den grünen Matten der Thäler. Der Cäsar bleibt in Rom, und wo er ist, weilt auch seine Tochter. Allein ich weiß, wo wenigstens meine Seele in lindem Schatten wandeln mag, wenn sie die Schwüle zu erdrücken droht, daß sie sich erquicke und neu auflebe — wie heute! Nimm Julia's Dank dafür, Aelianus!" —

Rom begleitete den heimkehrenden Octavianus abermals mit stürmischem Freudenrufe und jauchzte auf über die Schönheit seiner Tochter, da sie stolz gehobenen Hauptes dahinschritt, eine den Wolken entstiegene Göttin unter den Menschen.

Aber ein Schöneres noch als Roms Volk, welches nur die hehre Göttin gesehen, erschaute später die Nacht: das Weib, welches mit verklärtem Antlitze an Aelianus zurückdachte, und doch zugleich ein zaghaftes Kind, wie es mit süßer Heimlichkeit in einsamer Stunde die alten Mädchenorakel befragte.

Sorgsam nahm sie den Apfelkern zwischen Daumen und Zeigefinger und drückte ihn ab, daß er emporschnellte, hoch — höher — o Götter, wie gut seid ihr doch! — bis an die Decke des Schlafgemaches. Julia klatscht darüber in die Hände und lacht hell auf wie ein seliges Kind.

Aber auch geheime Zauber kennt Julia. Achtsam

wird der vierspeichige Kreisel des magischen Liebes-
vogels Jynx mit wollenen Purpurfäden umwunden
und gespannt: sieh — schon dreht er sich und wirbelt
ungeberdig, horch — wie die aufgestörte Hummel
schnurrt und brummt er dahin, immer fort, immer
weiter — alle Zaubersprüche hat Julia langsam, ganz
langsam geraunt — der Wendehals aber dreht sich
noch immer wie toll im Kreise. Hat sie etwa der
glückkündende Zauber nun auch berückt — denn Julia
selbst beginnt sich leise zu drehen und die herrlichen
Glieder in edler Bewegung zu regen, bis die ganze
Gestalt sich in weichen Schwingungen auflöst und in
wunderbaren Rhythmen verschwebt.

Dies Schönste jedoch schaute Niemand als die
verschwiegene Nacht.

Die gnädigen Götter aber erfüllen am Morgen,
wenn sie am Abend Erhörung zugenickt. Und hätten
sie auch abweisend die ambrosischen Locken geschüttelt,
und Versagung die Orakel der Nacht gekündet, Julia
würde nur lächeln. Hatte sie doch, da sie mit geschlossenen Augen Aelianus gelauscht, seine Blicke
gefühlt, daß darunter ihr Herz zu erbeben begann,

ihr Herz, welches so lange still gewesen, daß sie gemeint, es sei ganz todt. Jetzt aber wallte ein glühender Blutstrom hindurch, mächtig pochend, als sollte es zerspringen, und all' seine gesammelte Kraft emporlohen, wie der Feuerberg bei Neapolis, der Jahre hindurch stumm gegen Himmel starrt und dann plötzlich aufwachend erbebt und die lange aufgesparten Gluthen in die Wolken streut.

Aelianus aber war zu Theil geworden, was er ersehnt, nur anders noch, herrlicher als es die kühnste Ahnung ihm zugeflüstert, da es ihn verlangt hatte, im Strahle der Sonne zu stehen.

Die Sonne selbst war hinabgestiegen zu ihm, sein eigen zu sein, und jeder Tag brachte einen neuen schöneren Traum.

Da er zum erstenmale wieder vor Julia erschien und sie mit seinem heißen Blicke umfaßte, blieb er plötzlich verschüchtert an der Schwelle stehen. War es das strahlende Diadem in dem dunklen Haare, was ihn bangen machte, und jener durch das Antlitz dämmernde, fast düstere Zug von der Stirne abwärts, der dem Cäsarenhause eigen? Oder waren es diese leuchtenden Arme und Schultern, dieser ganze wunderbare Leib, wovor er in scheuer Anbetung erstarrte, wie bei der Erscheinung einer Unsterblichen? Hoheitsvoll hält ihn ihr Anblick in die Ferne gebannt, und doch liegt es auf diesen Lippen wie lockender Ruf, in den Augen wie freudiges Erschrecken, in dem Lächeln wie beglückendes Versprechen.

Unendlich nah, unendlich fern — so steht Julia vor ihm. So hat er einst als Kind räthselhafte Blüthenknospen am Grunde des Wassers stehen sehen: nahe, daß die Hand sich nach ihnen ausstreckte, und doch so unterlangbar tief, daß er sich in das Gras warf und weinte. Und die alte wilde Kindessehnsucht stieg plötzlich wieder auf in diesem Augenblicke, daß die Seele in ihm aufweinte: So nah, so unerreichbar fern!

Harre und gedulde Dich, Du großes Kind: Das ist nur die Julia von heute. Und wisse auch, die Wasserblume blüht nie in der Tiefe. Wenn ihr der Knospenmantel sich aufthun will, taucht sie langsam empor vom Grunde und entfaltet Blüthenleben und Duft und Farbengluth an der sonnigen Luft — rühre Dich nicht, still und sachte schwimmt sie heran, daß

Du es kaum merkst, wie sie sich selbst leise in Deine Hand geschmiegt.

Das wird die Julia von morgen sein.

Denn das Weib schließt in sich tausend Gestalten. Ob sie auch eine einzige nur festhält, ob sie sich etwa blos in wenigen darlebt: sie alle schlummern gleichwohl in ihr und harren, ob und wann ihnen eine Stunde schlägt, daß sie erwachen. Julia aber wird für Aelianus täglich ein neues Wunder, fremdartig umgewandelt an jedem Morgen, mit ewig wechselndem Reize sich schmückend, noch unbekannten Zauber stündlich schaffend.

Gestern ein neckisch spielendes Kind, heute ein großherziges Weib — am Morgen ein steinern kaltes Bild, vor dem er in scheuer Verehrung knien muß, am Abend in heißem Umarmen ihn aller Sinne beraubend — jetzt jauchzende Bacchantin, dann sanfte Vestalin — bald die freudenstrahlende Sonne, bald der träumerisch wandelnde Mond: immer aber ganz und voll, was die Eingebung der Stunde brachte, und in jedem wieder ganz und voll nur die sich grenzenlos hingebende Liebe.

„Sieh" — sagte Aelianus einst, da sie wieder

einmal den feuchten rührenden Kinderblick hatte und
ihn damit groß und wie verwundert ansah — „sieh,
nun ist mir plötzlich offenbar geworden, was mir
an Dir stets so räthselhaft fremd und doch so zau=
berisch anheimelnd erschienen, wie umschleiertes Er=
innern an altes Liebes. Als Du mich vorhin ange=
sehen, da sprach es auf einmal in mir: Julia ist meiner
Heimat Strom Timavus. — Nicht sparsam in einer
Quelle erst ringt er sich an das Licht empor, um dann
langsam anzuschwellen, nicht weite Strecken mag er
durchwandern, sich aus der Fremde alle die Bächlein und
Flüsse zu holen und durch sie zum Strome zu wachsen —
wie alle übrigen fließenden Gewässer des Erdkreises.
Ein mächtiger Strom schon an seinem Ursprunge,
tritt er herauf aus dem Berge, er allein, sich selbst
genügend, dann aber versinkt er alsbald in die See,
um sofort neuem Wasserschwalle Raum zu machen,
daß das Auge Anfang und Ende von ihm zugleich
überblickt. So wandelt seine frische Fluth, kaum daß
sie Eines Tages Sonne bescheint, aus Bergestiefen
nach Meerestiefen, ewig neu, ewig groß, ewig ein=
zig — das ist mein Timavus, das — meine Julia!"

Sie aber lachte nur und warf sich ungestüm an seine Brust. Glühend brannten ihre Lippen auf den seinen, und indem ihn ihre Arme immer enger und enger umfingen, flüsterte sie, aufathmend zwischen zwei Küssen, mit schalkhaftem Lächeln: „"Weißt Du auch das Meer zu nennen, Aelianus, jenes Meer, darein, gleich dem Timavus, Deine Julia täglich versinkt?"" — —

Die Horen hatten des Himmels Thore geschlossen und wieder geöffnet, nach dem Winter den Frühling gesandt und den Sommer und abermals die Zeit des reifenden Dionysos.

Es ist noch frühe. Ein Morgen lacht der eben erwachenden Julia zu, wie sie ihn so schön und sonnig noch nie gesehen zu haben vermeint. Darüber wandelt auch sie die Lust an, heute schön und sonnig zu sein wie nie — für Aelianus.

Und schon thront sie auf goldenem Stuhle, rings um sich die dienenden Frauen: die einen emsig bemüht, sie anzukleiden und zu schmücken, andere lautlos heranschwebend mit Gewändern und Spangen, mit Perlen, edlem Gestein und Wohlgerüchen.

Eine dunkelfarbige Sklavin läßt indessen den Kamm durch Julia's Haare gleiten, aus deren dunkel herabwallender Fluth es dabei unaufhörlich knistert, wie von aufsprühenden Feuerfunken. Eben tritt die hochgewachsene Griechin heran, diese ganze überreiche Fülle in einen einzigen Knoten zu schlingen nach alter einfach schöner Sitte; Julia hat nicht nöthig, größer zu erscheinen oder durch falsche Haare den eigenen Mangel zu bergen, wie sonst die edle Römerin, die da

„Sich bebauet Stockwerk auf Stockwerk
Ganz den Kopf und erhöht ihn durch Bindenbalken zum Thurme".

Wozu auch bedürfte die schönste Frau in ihrer makellosen Vollkommenheit dieser und der zahllosen übrigen Künste anderer Frauen der Cäsarenzeit, wie sie später Martial gegeißelt:

„Galla, dich flickt dein Putztisch aus hundert Lügen zusammen,
Während in Rom du lebst, röthet dein Haar sich am Rhein,
Wie dein seidenes Kleid, so hebst du am Abend den Zahn auf,
Und zwei Drittel von dir liegen in Schachteln verpackt.
Wangen und Augenbrauen, womit du Erhörung uns zuwinkst,
Malte des Mädchens Kunst, die dich am Morgen geschmückt.
Darum kann kein Mann zu dir: Ich liebe dich! sagen;
Was er liebt, bist nicht du! Was du bist, liebt kein Mann!"

Inmitten solcher Zierpuppen der vornehmen römischen Welt ist Julia stolz darauf, nur durch sich selbst schön zu erscheinen und zu sein.

Zu ihren Füßen kniet die jüngste der Sklavinnen und hebt noch einmal, ehe die Haarwellen in den Knoten zusammenfließen, den Silberspiegel empor. Siegesgewiß lächelt Julia ihrem Abbilde zu — da plötzlich wird ihr Auge starr, das Lächeln erstirbt auf ihren Lippen. Tief neigt sie sich hinab und bleibt so, wie versteint, vor der glänzenden Silberfläche, als blicke ihr dort das Antlitz der Gorgo statt ihres eigenen entgegen. Dann stößt sie den Spiegel wild von sich und fährt empor — ein drohendes stummes Winken, und lautlos verschwinden die Dienerinnen.

Es ist ganz stille in dem Gemache. Wie verstört blickt Julia um sich: sie ist allein. Da greift sie in fieberhafter Hast nach einem anderen Spiegel, dann nach einem dritten und vierten — jeder fällt, kaum ergriffen, mit hellem Klange auf den Boden. Julia aber schlägt die bebenden Hände vor das Gesicht und preßt die Finger gegen die Augen, als wollte sie dieselben für ewig schließen, daß sie nie wieder sehen, was sie jetzt gesehen.

Bald darauf kommt Augustus, sich Julia's Morgengruß zu holen, und umarmt zärtlich seinen Liebling. Seinem scharfen Blicke ist die feine Röthe um ihre Augen nicht entgangen. Aber er frägt nicht, sondern lächelt harmlos und wendet rasch das Auge von dem schwarzen Marmortische, darauf es eine Weile tief verwundert geruht hatte.

„Wie schön Du heute wieder bist, Julia" — rief er in aufrichtiger Bewunderung — „Wenn ich Dich so vor mir sehe, steigt mir zuweilen der Gedanke auf, wie es doch ganz unmöglich ist, daß Deine Schönheit dahinwelken und altern könnte, wie die anderer Frauen. Und Deine herrlichen blauschwarzen Haare, auf die ich so stolz bin!" — Er strich ihr zärtlich über den Scheitel. — „Daß sie einst ergrauen, oder gar deren Fülle sich mindern könnte, dies vollends ist mir ganz und gar undenkbar! Lasse mich glauben, die Götter haben mein Kind mit ewiger Jugend begabt dafür, daß sie mich frühzeitig alt gemacht. Kaum dreißig Jahre zählend sah ich eines Morgens schon Silberfäden in meinem Haare hervorbleichen, und rasch entschlossen war ich eben daran, sie auszureißen, als mir auf einmal das Nachdenken kam, was wohl besser sei, weiße Haare oder ein kahler Kopf. Kurz war die Ueberlegung; ich ließ sie ruhig stehen und weiter wachsen. Das war wohl gethan, denn — sieh — sie stehen noch heute. — Doch da plaudere ich mit meinem schönen Kinde von grauen Haaren, während meiner der kahlköpfige Senat, und der feinfühligen gelehrten Beherrscherin der Literatur ihre dichtumlockten träumerischen Dichter harren! Ob sie gleich Beide geduldig sind, wir wollen sie nicht warten lassen. Die Götter seien Dir hold, mein süßes Kind!" — Dabei küßte er Julia's Haare, aber im Hinausgehen streifte sein rascher Blick noch einmal die schwarze Marmorplatte, und, als sei es geblendet, schwamm dabei sein Auge in einem nassen Schimmer.

Auf jener schwarzen Marmorplatte glänzte wie frisch gefallener Schnee ein langes weißes Frauenhaar. —

Aelianus sollte heute nicht das Weib seines Herzens finden — das war des Weltgebieters erhabene Tochter, tief eingegraben im Antlitz den düsteren Zug der Cäsaren, um die Marmorstirne aber leuchtete gleich einem Diadem der unnahbare Stolz. Wie ein Steinbild stand sie regungslos und hielt abwehrend den Arm gegen ihn ausgestreckt. Er hielt inne und blieb stille in der Ferne. Da klang es kalt und tonlos zu ihm herüber: „Lasse Dich nieder, Aelianus, und lies mir die Ode des Horatius an Torquatus!"

Aelianus entgegnete nichts und griff nach dem Buche. Ruhig, mit wohltönender klarer Stimme hob er an zu lesen.

Julia stand in der Mitte des Gemaches und rührte sich nicht. Ihre Augen waren beharrlich auf den Boden geheftet; nur einmal blickte sie kurz auf und nach Aelianus hinüber, da er las:
„Hoffe nichts Ewiges! mahnt dich das Jahr und die Hore,
  die mit sich
Reißet den herrlichen Tag!"
— und dann noch einmal bei den Worten:
„Ob an den heutigen Tag den morgigen knüpfen die oberen Götter, wer hat es erforscht?

Nur das wird, was du weihst dem frohen Genusse, des Erben
Gierigen Händen entgeh'n.
Bist du einmal dahin, und hat das entscheidende Urtheil
Minos dir einmal gefällt:
Keine Beredsamkeit führt, Torquat, kein Adel und keine
Tugend dich wieder zurück.
Rettet Diana doch nicht den keuschen Hippolytos aus des
Düsteren Erebos Nacht;
Und die Fesseln der Lethe zerbricht der mächtige Theseus
Seinem Pirithous nicht!"

Die Ode war zu Ende. Eine Weile blieb es tobtenstill in dem Gemache.

Dann sagte Julia, wie erwachend: „Gehe jetzt, Aelianus, ich will heute allein sein!"

Er hatte kein einziges Wort zu ihr geredet. Nun ging er und trug sein beklommenes Herz heim. Als aber der endlos lange Tag zur Neige ging, und die Sonne hinter den Sabinerbergen hinabtauchte, nahm sie sein Leid mit sich. „Es war nur eine neue vorüberschwebende Gestalt, jene Julia von heute" — sagte er sich, wieder aufläschelnd. Dann aber schwelgte er in der süßen Erinnerung an die Julia von gestern, und dachte mit sehnsüchtigem Entzücken an die von morgen.

Du kennst die Blume der nassen Tiefe nicht, Aelianus! Du hast einst nach ihr, der unerreichbaren, geweint, weil Du nicht wußtest, daß sie selbst emportaucht, wenn ihre Zeit gekommen, und an der Sonne sich entfaltet. Du freust Dich jetzt in Deinem ahnungslosen seligen Herzen, weil Du nicht weißt, daß auch der Blüthe Zeit vorübergeht und, je heißer die Sonne, desto bälder. Leise, daß Du es kaum merkst, und sie selbst nicht, ermatten Duft und Farbe, sachte neigt sich der Blumenkelch dem alten Elemente, bis sie plötzlich wieder hinabtaucht zum Grunde, dem sie entstiegen: oben schwimmen welk und ungestalt die abgefallenen Blättchen. —

Julia will Aelianus auch am nächsten Tage nicht sehen, und nicht am dritten. Alle Stunden des langen Tages und der noch längeren Nacht reichen ihr nicht hin, den einzigen Gedanken auszudenken:

„Nur das wird, was du weihst dem frohen Genusse, des Erben Gierigen Händen entgeh'n!"

Dem Genusse? Und was hat Julia bis heute genossen? O, dies erste Silberhaar, vorzeitig aufgesproßt, war es nicht von wohlmeinenden Göttern

gesandt, ein eifriger Mahner? Keine Zeit — rufen
ihr damit die Unsterblichen zu — keine Zeit mehr
bleibt für langsam schleichende Träume, für schwer-
fällig schreitende genügsame Freude. Rom weiß seit
langen Monden kaum mehr, ob Julia noch lebt —
nur Einer hat es gewußt, Aelianus. Dahin ist die
Flucht der Tage, unwiederbringlich versäumt durch
einen einzigen Traum! Rauh hat sie heute daraus
eines gnädigen Gottes Hand aufgerüttelt: wach geworden ist Julia und wischt sich verstört die schlaftrunkenen Augen.

Einzuholen gilt es nun, in flüchtiger Hast zu
genießen — und eine Welt steht ihr zu Gebote, ihr,
die sich mit einem Aelianus begnügt. Wohl hatte er
einst die Augen vor ihr niedergeschlagen. Nun, da
er sie geöffnet, steht er unter den Anderen, die gesehen haben: auch er ist jetzt Vergangenheit, — und
die Zukunft gehört dem Ungeheuerlichen.

Fieberhaft blitzen ihre Augensterne, von ihren
Lippen schallt es wie irres wahnsinniges Lachen. O,
dies Rom soll erfahren, daß Julia noch lebt! Nicht
die alte Julia, ehe sie in den Gärten des Mäcenas

in Träume gesunken, maßlos freudengierig nur den leichtgebledneten Blicken der Menschen — nein, eine neue Julia, ungeheuerlich selbst den Augen der allgewaltigen Götter!

Ausgeträumt war der süße Traum. Ein einziges feines weiches Haar nur — und es ist stark genug gewesen, das Traumgespinnst, ob es auch für die Ewigkeit gewebt schien, jäh zu durchschneiden. Denn jenes Haar glänzt silberweiß, und in solchem Glanze ruht ein weher starker Zauber: auch der Frühlingsschnee hat dies weiße Glänzen, wenn er sich über die Blüthen hinlegt, daß sie darunter fröstelnd vergehen und sterben. —

Als Aelianus endlich am vierten Tage eintreten durfte, da war es, als sei seither keine Zeit vergangen, und Julia als versteintes Bild regungslos geblieben, wie er sie verlassen. Denn abweisend streckt sich noch immer ihr Arm gegen ihn, und wie damals steht sie düster und stolz in der Mitte des Gemaches. Und wieder heißt es: „Lies des Horatius Ode an Torquatus!"

Ein heißer Zorn quoll in ihm empor, als er das Buch erfaßte. Mit unsicherer Hand suchte er in den

Blättern. Dann klang es heiser von seinen bebenden Lippen:

„Es war Nacht, und es leuchtete zwischen den kleinern Gestirnen
Am heiteren Himmel der Mond,
Als die höheren Götter, die wissenden, trüglich zu täuschen
Du mir in meine Worte schwurst —
Da du mit schmiegenden Armen, noch dichter, als windender
   Epheu
Die Eiche umschlinget, mich umfingst:
Daß — so lange die Schafe der Wolf, die Schiffer Orion
Verfolgte, der im Meere stürmt,
Und in Apollo's wallendem Haar noch spielten die Lüfte —
Beständig unsre Liebe sei."

„„Du hast Dich geirrt, Aelianus"" — unterbrach sie ihn kalt — „„was Du da gelesen, ist nicht die Ode an Torquatus. Wie hieß es doch darin —

„Hoffe nichts Ewiges! mahnt dich das Jahr und die Hore,
  die mit sich
Reißet den herrlichen Tag —"

Auch mich mahnt das Jahr, der Winter naht, alle Welt strömt aus den frostigen Bergen nach der Stadt. Auch meine Seele kann nicht ewig auf Pucinum träumend wandeln: Rom verlangt nach Julia, und Julia verlangt es nach Rom. Du aber"" — sie hielt plötzlich inne, und ihr Blick ward milder — ""Aelianus, gehe jetzt heim, ich will Dir Antonius Musa nachsenden, meines Vaters Arzt. Dein Gesicht ist so todtenbleich und"" — sie griff nach seiner Hand — ""und doch glühst Du in brennendem Fieber. Aelianus!"" — rief sie weicher und schlang die Arme um seinen Hals. War es Mitleid, war es ein still vergessener letzter Funken, der ihr noch im Herzen aufzuckte?

Lange blieb sie so an seinem Herzen gelehnt. Sie sprach nichts und sah ihm nur tief in die wieder aufflackernden Augen.

Dann aber schüttelte sie leise den Kopf, und die Arme sanken ihr plötzlich herab: ""Du thust mir leid, Aelianus!"" — sagte sie mit tiefem Erbarmen und wandte sich ab.

Aelianus wankte hinaus und irrte durch die Stadt, er wußte nicht wohin. Mitten in dem Marktlärm der Plätze, die lauten Straßen entlang, vorüber an schreienden Volkshaufen, durch das Rufen und Reden der Menge schritt er dahin — aber er hörte nichts davon. Ein Wort nur lag ihm im Ohre, welches Alles übertönte, jenes Wort: Du thust mir leid, Aelianus! — Das hatte so seltsam geklungen, so erinnerungsschwer, als habe er es schon einmal vernommen, weit, weit zurück, in ferner alter Zeit, in einer anderen Welt wohl! Und er sann und sann, wo und wann es an sein Ohr geklungen, aber das heutige schmolz mit dem alten zusammen zu Einem, und das zitterte nun in der Luft so fort, ruhelos, immer und immer.

Als er sich wieder besann, stand er auf der Höhe des Esquilinus, wo ihm Julia zum erstenmale erschienen. Und er sah sich hastig um, ob sie noch auf dem Sitze throne mit dem Lächeln der Circe und den geschlossenen Augen. Aber er war allein in den weiten dämmernden Gärten unter dem weiten Himmel, der sich vom Abend schon leise geröthet, wie ein Auge, welches geweint hat.

Und so blieb er, und stand, und wartete. —

Aber es kam Niemand als unten die dunkle Nacht und oben die hellen Gestirne.

III.

Unter Pucinum hatte damals, nachdem der Wein für Livia geerntet worden, noch hie und da ein helles Tröpfchen wie eine Thräne an den Reben geblinkt, wo sich von ihnen die Traube losgetrennt. Die Beiden in dem Hause auf der Höhe aber merkten es nicht, weil ihnen selbst die Augen trübe waren nach Einem, der sich von ihnen losgetrennt und aus dem Schatten von Pucinum gezogen war, die Sonne zu suchen. Dann brachte die Zeit, daß die Blätter der Weingewinde langsam vergilbten und sich gleichfalls losmachten, jedoch keine Thräne glänzte ihnen mehr nach: der Weinstock war schon todesmüde und stummtraurig. Ueber die Blätter, wie sie sich, zu sterben, auf den Boden hingestreut, entfaltete der Winter sein Leichengewand. Nun war es ganz still hier und auch oben in dem Hause, als breite sich auch dort der Winter über die Herzen.

So blieb es, bis von den Reben wieder ein hellgrüner Schimmer aufzustehen anhob. Derjenige, welcher solche Frühlingsahnung sonst der Erste begrüßt und in die Träume seiner Seele verwebt hatte, schaute es diesmal nicht. Hatte er die Sonne noch nicht gefunden, oder war er ihr begegnet und konnte sich nun noch nicht aus ihrem Strahle scheiden?

Aber des Zeus Dienerin kam inzwischen, die Hore Thallo, welche die Pflanzen zur Blüthe führt und die aufblühende Jugend ernährt. Wie ein warmer Lufthauch war ihr Athem zu verspüren, da sie von Mittag herüberschwebte gegen Aquileja und Pucinum, und wo jener linde Athem wehte, erwachte allenthalben die Freude.

Nur der alte Mann in dem weißen Landhause mag sich dessen nicht freuen. Thallo, die alle Blumen weckt, weckte auch die blutigen Blüthen der Tapferkeit, die alten Kriegerwunden, welche er heimgebracht von den Schlachtfeldern des Ostens und Nordens.

Dafür trug ihm Ursinia die schönsten Blumen zu und breitete sie hin auf sein Schmerzenslager, einen ganzen farbenfreudigen Garten. Und dabei berichtet sie ihm von dem Garten draußen. Die Clematis ist wach geworden und spinnt das Ufer des Timavus ganz mit ihrem sanften weißen Blüthenzauber ein, daß Urfinia vor der Wand des Schlinggewächses und dem grünen Schilfwalde sein nasses Funkeln kaum erblicken konnte. Libellen flattern leichtbeschwingt herüber, kleine Schildkröten schleichen nachdenklich hinüber. Allüberall hebt sich ein blaues und rothes Schimmern von der Erde, in hellem Grün steht der Hain, und traulich umschlingt die Rebe mit weichen Armen den starren Ulmenbaum; in den Büschen aber singt die Nachtigall.

So brachte Urfinia dem alten Manne den Frühling herein, da er nicht hinauskommen konnte: in den Händen blühende Kränze, den Clematisduft in Haaren und Kleidern, in ihren Worten den Sang der Nachtigall.

Er küßte ihre duftenden Haare, spielte mit den Blumen und horchte ihren Worten, daß er darüber allmälig der wehen Wunden vergaß. Urfinia aber redete weiter von jedem Busch und jeder Blume, eifrig und hastig, als müsse auch sie darüber etwas vergessen — und draußen singt noch immer die Nachtigall. Ihr Gesang durchströmt den ganzen Garten, schmerzlich süß und fast schluchzend in sehnsüchtiger

Wehmuth, und er mischt sich mit Urfinia's Stimme, daß beide zusammenklingen wie Eine.

So kömmt draußen täglich ein Neues, neue Blüthen, neue Sänge, Nordsturm und Meeresstille — drinnen dessen Widerschein und Abglanz in den beiden unveränderten Seelen. Dabei wird allmählig die Sonne mächtiger, Frühlingsdrängen und Frühlingsschmerzen stiller. Schon lustwandelte der alte Kriegsmann zum erstenmale, auf Urfinia's Arm gestützt, langsam durch den Garten. Aber bald zwang ihn die Schwäche auf einen Sitz nieder. „Wie schade" — sagte er, nachdem er um sich geblickt — „daß Aelianus noch immer nicht daheim ist: so schön, meine ich, haben Deine Blumen noch nie geblüht!"

Urfinia entgegnete nichts — dort nahe dem Ruhesitze hatte der Nachtwind eine Pflanze zu Boden gedrückt. Zu der war sie nun hingegangen und neigte sich tief über dieselbe, um sie sachte wieder emporzurichten und an ihren Stab zu binden.

Später verlangte es den alten Mann nach dem Meere. Er mußte schirmend die Hand über die lichtentwöhnten Augen halten, da sie wieder nach langer

Zeit über den glänzenden Wasserspiegel schweiften. Urfinia läßt ihre Augen nicht mit den seinen meerwärts gehen; sie kniet tiefgebückt neben ihm und sucht im Ufersande nach glattgeschliffenen Kieseln. Nur da er lange so bleibt und stumm hinausblickt, erhebt sie sich und nimmt seinen Arm: „Die Meerluft weht heute zu unruhig für Dich" — sagt sie freundlich bittend — „komm, Väterchen, wir gehen wieder aufwärts zu den stillen Blumen!" Dabei führt sie den Zögernden mit sanfter Gewalt hinauf zu der Clematislaube am Ufer des Timavus.

Dort saß er lange stille, und es war als lausche er dem Rauschen des Flusses. Endlich fuhr er mit der zitternden Hand über die Stirne. „Wie ich doch alt geworden bin" — sprach er — „und mein Gedächtniß geschwächt! Weißt Du noch, Urfina, wie uns Aelianus, so oft wir hier in dieser Laube zusammen saßen, viele und immer neue Sagen vom Timavus erzählte? Jetzt habe ich eine lange Weile nachgesonnen und meinen alten Kopf gequält, aber es ist umsonst, ich kann mich keiner derselben mehr erinnern. Rede doch Du, Kind — auch Dir höre ich gerne zu! Wenn

Du die alten Geschehnisse berichtest, redest Du — ich habe es oft bemerkt — ganz und mit eben solchen seltsamen Worten wie Aelianus, daß ich sie zuweilen nicht gleich zu fassen vermag, und die mir doch so gefallen. Erzähle, Urfinia, Aelianus spricht ja aus Dir — das wird mir wohler thun als die linde Luft!"

Urfinia schloß plötzlich die Augen, als er seine Hand auf ihre Hände legte und sie dabei bittend ansah. Aber da sie dieselben wieder öffnete, sah er nichts darin als den alten treuherzigen Blick. Sie erzählte nun, was Aelianus berichtet: von Castor, dem Tyndariden, der sein Roß aus dem Timavus trinken ließ, und von den Argonauten, die auf der Heimkehr aus Kolchis den Fluß übersetzt und hier gekämpft hatten! Dann kam Antenor aus dem stürzenden Ilion mit einer Veneterschaar an des Timavus Mündung, und wieder ätolische Griechen die sich meerirrend hieher aus der Salzfluth gerettet, weihen an seinem Ufer Tempel und Hain dem thrakischen Diomedes. — Und endlich folgte auch Anderes, was nicht alte Sagen gemeldet, sondern Aelianus selbst dazu gedichtet in Erzählung und Liedern.

In stiller Freude nickte der alte Mann vor sich hin: war es doch ganz so, als säße Aelianus an seiner Seite und redete zu ihm. Nur ein leises Beben war zuweilen in Urfinia's Stimme, aber er meinte, es sei das zitternde Ersterben der Timavus=welle im Sande.

Als später der Pflegevater schon oben schlummerte, und so auch an den anderen Abenden allen, wandelte Urfinia durch den verflochtenen Baumgang des Gartens hinab zum Strande. Nun, da sie allein war, blickte auch sie meerwärts. Ein sanfter Glanz breitet sich heute über die glatte Fläche, sachte und traulich, wie sie selbst kurz vorher auf den Fußspitzen dem schlafenden Vater sich genaht, rieseln die Wellen heran zu Urfinia. — Morgen dagegen rinnen Luft, Himmel und Erde zu einem einzigen Riesennebel zusammen und zu einem einzigen betäubenden Tosen. — Oder wieder ein andermal schwingen sich die Wogen mächtig, ein Heer in breit gedehnten Schlachtreihen rücken sie an; aber schon harrt am Strande der Tod: ein wildes Aufbäumen, darauf wuchtiges Nieder=stürzen, und nun liegen sie hingestreckt zu Urfinia's

Füßen. Doch über die Gefallenen stürzen unbekümmert neue Reihen, immer weiter, endlose Heervölker, und gleich weißen Feldzeichen rufen die schäumenden Kämme die Nachfolgenden.

Urfinia sitzt und achtet dessen nicht. Auch ob das Meer heute den blauen Himmel abspiegelt, und morgen mißfarben unter den grauen Wolkenbergen dämmert, ob es dem scheidenden Abendlichte lange glühende Abschiedsblicke nachsendet, oder dem Monde mit bläulichem Silberglanze antwortet: Urfinia weiß es kaum.

Sie hat ihre Augen nur nach den dunklen Punkten gerichtet, welche weit in der Ferne auftauchen und regungslos zu stehen scheinen an der Grenze, wo das Meer den Himmel berührt, daß man nicht zu sagen vermag, wem von beiden sie angehören, ob dunkelbefiederte Vögel, ob dunkelbebordete Schiffe. Urfinia sieht geduldig zu, wie sie größer und größer werden, dunkel umrissene Gespenster, die sich unmerklich aufblähen. Allmälig dann werden sie als Schiffe erkennbar, aber immer noch scheinen sie unbewegt und zeichnen sich nur deutlicher mit Schiffs-

leib und Segel, bis endlich auch die Linien des
Takelwerkes sichtbar den Hintergrund durchschneiden,
und das Ganze nun in ruhsamer Bewegung sich
darstellt. Unsäglich langsam wandelt sich solch dunkler
Punkt, ehe er als festgeankertes Schiff am Strande
liegt. Aber Ursinia ist darüber nicht müde geworden.
Sie blickt auch noch forschend nach dem gelandeten
und horcht den Lauten, welche von ihm herüber=
schallen. Netze und Schiffsgeräth, Waaren und Päcke
werden herausgeschleppt, Aufschrei des Wiedersehens,
herzliche Begrüßung tönt und lautes Lachen, ein
frohes Lied auch des meerentflohenen Schiffers an
die alte Mutter Erde, hochstimmiger Kinderjubel um
den heimgekehrten Vater — dann wird es stiller
und stiller. Ein Aufjauchzen noch des Steuermannes,
der, den Arm um sein Weib geschlungen und an der
anderen Hand den kleinen Sohn, seiner Hütte zueilt,
ein heller Freudenschrei noch, welcher aus der Ferne
aufzuckt — dann ist Alles wieder stumm und leer.

Ursinia läßt das Haupt tief hinabsinken und
schließt die Augen. —

Aber wieder steht ein neuer dunkler Punkt am

Horizonte auf, und es ist, als fühlte dies Urfinia durch die gesenkten Augenlider. Denn alsbald schlägt sie die Augen groß auf und hält ihn mit ihrem Blicke fest und unverrückt, bis er abermals am Strande sich aufgelöst in Heimkehr und Umarmung, Freude und Sang, und schließlich in ein festgeankertes, verlassenes, stummes Schiff.

Und von solch geduldigem unermüdetem Schauen gehen ihr zuweilen die Augen über. —

Einmal nur geschah es, daß Urfinia einige Tage hindurch dem Strande fernblieb, als eine Springfluth die Wogen weit hinauf peitschte, und der salzige Gischt bis an die Wände des Hauses spritzte. Bäume und Büsche hatten dann die Wurzeln nach oben gekehrt, und wo die Blumen geblüht, lag hinausgeschleudertes Seegethier und Pflanzen des Meeresgrundes. Am Strande war der Boden tief aufgewühlt, und die Stufen hatte die Fluth mit sich in die Tiefe gerissen. Schweigend besah der alte Mann die Verwüstung und klagte mit keinem Worte. Einmal lächelte er sogar, als er den Abgrund erblickte, wo früher die Stufen in das Meer geführt, und beim Heimkehren sagte er lachend: „Es ist fast, als habe Aelianus die Sturmfluth herübergeschickt, daß Sie uns heimsuche. Die kurze Treppe unten mochte er nie leiden, und Du erinnerst Dich wohl, wie er uns manchmal darlegte, auf welche Art er den Garten nach seinem Sinne gestalten wollte. Nun mag er seinen Willen haben, und wir lassen indessen Alles dort unten, wie es eben ist, bis er heimkehrt. Dann soll er nach Herzenslust umstürzen und neu formen, wie er sich das Ganze zurechtgelegt hat."

Urfinia blickte wortlos vor sich hin, und da bei seinen Worten ihr Arm leise erbebt hatte, mit dem sie ihn stützte, so meinte er, dies gelte den zerwühlten Beeten, und sagte beruhigend: „Dir thut — ich merke es wohl — Dein kleines Herz weh um Deine weggerafften Blumen, Du armes Kind! Dafür sollst Du bald andere und viel schönere zu hegen bekommen — gedulde Dich nur, bis Aelianus heimkommt!"

So blieb es denn unten im Garten wüst und öde, und Urfinia saß seitdem auf einer Marmorstufe am Strande, welche die Fluth angebrochen und dann vergessen hatte. Von da spähte sie nach wie vor täglich nach den fernen Schiffen aus, auch als die Luft schon von dem Zittern der Sommerhitze durchwebt wurde, und in dem leise schwingenden Aether die Schmetterlinge sich sachte wiegten, ohne die Flügel zu rühren. In den Büschen oben tönte der bebende Sang der Cicaden wie laut gewordene Schwüle, unten aber im Meere badete die Sonne, so daß Ursinia jetzt die Schiffe heranschwimmen sah durch gleißendes Silber und später durch rothglühendes Gold. Die Augen sind ihr ganz geblendet, wenn sie durch den abendlichen Garten heimkehrt zu dem weißen Hause.

Später dann sieht man auch die Schlange mit dem Hörnlein wieder aus dem Schatten hervorkommen und sich unter den Trauben sonnen, die schon dunkelfarbig und schwer herabhängen zwischen den Bäumen. Alles ist wieder wie damals — nur der dritte Geselle fehlt. In hellerem Lichte mag er sich nun sonnen als vor Jahresfrist hier unter den Ulmen. Denn recht wie ein sonniger Abglanz schimmerte es über den Worten, die er von Zeit zu Zeit als Nachricht sandte, so daß dessen Widerschein noch leuchtend genug war, das alte Herz des Vaters stets neu

zu beleben und gleich aufgefangenen Sonnenstrahlen
zu erwärmen. Tagelang lächelte der Alte dann vor sich
hin, und, so lange er Urfinia ansah, lächelte auch sie.
Allein so lächelte sie ihm auch zu, als er schon lange
wieder ernst und trübsinnig geworden war, weil
Boten und Berichte plötzlich im Winter ausblieben.
Wohl brachte dann der neue Frühling wieder Nach=
richt von Aelianus, jedoch der sonnige Glanz war
ganz darin erblichen: nebelhaft, dunkel, glücklos däm=
merte es über den Worten. Er könne noch nicht heim=
kehren — hieß es am Schlusse — und bitte den
Vater um einen Theil seines Vermögens. Gleiche
Botschaft kam später, und so fort. —

Der alte Mann lag jetzt schon die meiste Zeit
darnieder. Wenn es inzwischen galt, etwas auf dem
Landgute zu unternehmen oder eine wichtigere Arbeit
anzufassen, antwortete er auf Urfinia's Fragen und
auf alles Drängen der Diener immer nur: „Lasset
es noch, bis Aelianus heimkommt!" So ward das
Neue nicht gethan und des Alten nicht geachtet. Da=
von aber überschlich unmerklich Alles ein sachtes
Verfallen und Veröden. Längs der übergrasten

Gartenwege durchwuchs das Strauchwerk die freien Stellen, in den Beeten standen Riesendisteln auf mit rothen Kronen, und um sie schoß alsbald das wuchernde Gefolge kriechenden Unkrautes empor, welches die stillen bescheidenen Blumen ganz verdrängte. Am Timavus versinkt langsam der Damm, und schon spinnt die Clematis vom Ufer weit herein in den Gartengrund, die Clematislaube aber ist ganz umwebt, ohne Eingang, ein großer wirrer Knäuel von Schlinggewächs. Die Gartenmauer überzieht der bläßliche Schimmer des Meersalzes oder feuchte Moose, Steine machen sich von ihr los und rollen hinab, wo sie des Bodens blühendes Leben ersticken. Von den Mauerlöchern und den ausgebröckelten Verstecken nehmen Nachtvögel Besitz, allerlei wildes Gethier haust in dem wirren Gestrüpp und Geranke des Haines. Unten reißt das Meer immer mehr von dem ungeschützten Strande an sich, saugt den fruchtbaren Erdboden ein und läßt nur den todten Felsen. Das Haus in der Höhe selbst wird leise angenagt von Unwetter und Nässe — und so überschleicht auch in dem Hause die Seelen ein allmäliges Verkommen und Versinken. Alles thätige Besinnen, alle Freude, wie sie der Tag mit sich bringt, wird gleicherweise hinausgeschoben, bis Aelianus heimkehrt. Indessen veröden und vergehen, wie draußen die Dinge, so auch langsam die Herzen, und es pocht darin nur so einstweilen unnütz fort, sie wissen nicht, warum und wozu.

Urfinia überläuft zuweilen ein Frösteln, wenn sie den Greis ansieht, wie er wieder mit dem alten Lächeln das alte Wort murmelt: „Lasset es noch, bis Aelianus kommt!" — und es drängt sie plötzlich aus dem Gemache vor das Haus. Dort umschlingt sie die Säule mit dem bebenden Arme und lehnt ihre heiße Wange an den kalten Stein. So bleibt sie wie verwachsen mit dem Marmor und starrt hinaus, wo die Sonne den öden Garten mit lachendem Glanze übergoldet und schimmernde Falter über den Disteln tanzen.

Wie ein feiner Rauch liegt es vor ihr hin, und die Augen schmerzen ihr. Nicht von Thränen — nie hat sie der Vater weinen sehen. Ganz langsam war es so gekommen und Anfangs kaum merklich. Wenn sie lange in das

Meer geschaut, hatte sie zuweilen der Glanz geblendet, daß dann die Dinge im Schatten nur undeutlich dastanden, bis sie sich erst allmälig wieder in die sanfteren Lichter einschaute. So oft aber die Sonne glühend untergegangen war, und Wolken und Wellen einander wie mit flatternden rothen Fahnen Abschied zugewinkt hatten, dann mußte sie sich mit den Händen heimtappen durch den abendlich dämmernden Baumgang; nur die Leuchtkäfer, die in den Büschen hingen wie Tausende von Blüthen, welche das Tageslicht in sich eingesaugt und festgehalten hatten, unterschied noch ihr wehes Auge. Später lag es auch wohl manchmal schon bei Tage wie ein unsagbar feiner grauer Vorhang vor ihrem Blicke, mit sanftem Silberschimmer, dahinter die Dinge leise zurücktauchten und mit weicheren Formen in die Luft standen. Zuweilen auch gehen sie ganz in einander über, die Sträuche wachsen zum Busche zusammen, Rebe und Ulme sind Eines geworden, und das Haus auf der Höhe mit Säulen und Gliedern hat sich verdichtet zur einförmigen Schattengestalt. Unten aber ist die Grenze, wo der dunkle Strandstreifen Land und

Waſſer trennt, kaum merkbar, und über dem glän=
zenden Waſſerſpiegel ſchwimmen die dunklen Punkte
unzählbar einher, daß Urſinia nicht weiß, welchen
ſie feſthalten ſoll, und iſt ſie einem lange geduldig
gefolgt, ſo taucht er plötzlich hinab, oder auch
heranſchwimmend ſteigt er in die Höhe und zer=
platzt im Aether — eine Truggeſtalt des kranken
Auges. —

In den dahinfließenden Monden und Jahren
verfiel, wie rings umher die Dinge, ſo auch nach
und nach das Eigenthum, und jeder Bote nahm einen
Theil davon nach Rom. Der Greis wußte kaum
mehr zu rechnen, er dachte nur daran, dem Begeh=
ren des Sohnes willfährig zu ſein. Schon waren
die ausgedehnten Weingelände in den Beſitz eines
Aquilejers übergegangen, ſchon die Felder und Wäl=
der; dann auch der Hain, der Garten und endlich
das Landhaus. Es iſt derſelbe vornehme und reiche
Jüngling aus Aquileja, welcher in dieſer Zeit Urſinia
zur Ehe begehrte.

Sie aber ſagte ihm nur: „Ich kann Dein Weib
nicht ſein, Coelius, wie ſehr ich Dich auch hochhalte

und weiß, daß Du gut bist. Und weil ich dies weiß, möchte ich Dir eine Bitte vorlegen."

„„Sprich, Ursinia"" — entgegnete er mit bewegter Stimme — „„sie ist Dir schon erfüllt, was es auch sei!""

„Drusa, meiner Mutter Schwester, mögest Du aufsuchen in Aquileja. Sie wird Dir von meinem väterlichen Erbe, welches sie verwahrt, soviel übergeben, als Du für meines Pflegevaters Landhaus sammt Hain und Garten bezahlt hast. Und so bitte ich Dich denn, es zu nehmen, und den Kauf als ungeschehen anzusehen."

„„Sieh, Ursinia"" — sagte er traurig auflächelnd — „„Deiner wegen hatte ich es an mich gebracht und Dir es zugedacht, um es Dir als Heim anzubieten, wenn Du mein Weib geworden.""

„Ich ehre Dich, Coelius, Du bist herzensgut und edel — aber die Götter haben uns getrennt die Loose geworfen, Dir ein helleres, mir ein trüberes. Verzeihe mir so herzlich, wie ich Dir danke — es kann nicht sein!" Und nach einer Weile: „Hast Du nichts Neues aus Rom gehört, Coelius?"

„„Nein, Urfinia."" Er sah dabei nicht auf.

Urfinia wußte, warum. Sie hatte es längst geahnt. Sie hatte es auch gesehen an der rothen Blume, die sie einst aus dem Schatten gehoben; die war nun an der Sonne verwelkt, nach kurzem Blüthenleben ein dürrer Strauch. Niemand hatte daran gedacht, sie zu pflegen und zu begießen; der heiße Himmelsstrahl aber weckt und verzehrt, macht aufblühen und verwelken.

Denn die Sonne ist Leben und Tod.

Urfinia hatte aber auch davon gehört. Dunkle Gerüchte waren schon lange aufgestanden in Aquileja und windschnell von Mund zu Mund geflogen. Es waren die farblosen Schatten einer grellen Wirklichkeit. Die Provinz sah zwar zuweilen unter dem grünen Blumenteppich des ewig beneideten und angestaunten Rom den modernden Sumpf hervorblitzen, jedoch auch nur annähernd dessen Tiefe zu ahnen, war sie nicht fähig. Wohl aber wußten von Aelianus Alle, die ihn in Aquileja gekannt, daß er weglos in jenem Sumpfe herumirre.

Denn Antonius Musa hatte damals, als man

Aelianus halb erstarrt auf dem Esquilinus gefunden, seinen Körper geheilt, aber vor der Seele war es wie ein Vorhang geblieben. Auch die Lieder waren darin alle verstummt. Zuweilen erfaßte er wohl den Griffel und sann und sann lange und rieb sich die Stirne und fuhr dann wieder ungedulbig auf; manchmal auch streckte sich schon die Hand aus — umsonst: die Sonne war untergegangen, der Nebelschleier hing unverrückbar herab und zerriß nimmermehr. Hinter demselben aber ragte, Alles verdrängend, ein einziger Gedanke; der tobte und wühlte in seinem Gehirn und fletschte wie ein Raubthier die Zähne. Da ging Aelianus unter die schwelgenden Epikuräer, zu den Bacchanalen entarteter Wüstlinge, und schleppte jenen Gedanken mit sich hin, wo die starken Feuergeister des Weines ihn binden und erwürgen, wildjauchzende Chöre und rauschende Musik ihn niedertönen, wo er in dem wiehernden Gelächter trunkener Parasyten, im feilen Jubel der Hetären, in der Possenreißer wüstem Lärm erstickt. Je verwegener all' der Abschaum aufsprudelt, desto wohler wird Aelianus — und er müßte wahnsinnig werden ohne solche Stun=

den des Vergessens und der Betäubung. Denn weder Tag noch Nacht verläßt ihn sonst jener Gedanke, und der Dämon treibt ihn, auch dessen Verkörperung auf Schritt und Tritt zu folgen, wo sie immer sich zeigt — Julia, die Cäsarentochter. Sie aber läßt ihn gewähren wie die Anderen — sie sind gleichgiltige Vergangenheit.

So schwebt sie dahin ob dem Riesensumpfe Rom, darüber die Sonne untergegangen — ein flammendes Irrlicht. Das flackert durch alle Gräuel, durch kaum faßbare Entartung, in ungeheuerlichen Phantasien, wie sie nur das wahnsinnigste Gehirn in wilder Gluth auszubrüten vermag, immer weiter — Julia stets voran, die Erste, die Entsetzlichste, Aelianus mit den Anderen nach — ihr Schatten. Ist er wahnsinnig oder wecken nur krankhafte Stimmungen in ihm krankhafte Thaten? —

Manches dessen erzählte man in Aquileja, und Urfinia wußte davon, wenn auch Coelius nie zu ihr darüber redete. Er kam auch seither nicht mehr aus Aquileja gegen Pucinum und fuhr nur zuweilen auf einem Kahne hinaus in das Meer, von wo er Urfinia's weißes Gewand aus dem dunklen Uferstreifen aufleuchten sehen konnte. Später dann, nach langer Zeit, kam er wieder einmal herüber und ging hinab zu dem Strande, wo er sie allein sitzen fand.

„Du solltest nicht so viel in das Meer schauen, Urfinia" — sagte er — „das thut Deinen Augen nicht wohl. — Ich bin heute hergekommen zu fragen, ob Du mir Aufträge anvertrauen willst. Ich reise nach Rom."

Urfinia war sehr bleich geworden. Ganz leise sagte sie dann: „„Du bist hergekommen, Coelius, weil Du über einen Freund Nachricht erhalten, und Du reisest nach Rom, weil er Jemandes bedarf. Sprich, Coelius — der Vater schläft oben im Hause, er wird Dich nicht hören — ich aber kann es wohl hören und wußte schon halb, was Du mir verbergen wolltest, als ich den ersten Laut Deiner bebenden Stimme vernahm. Denn Du kommst nicht erst dann, wenn es Freude gilt, Du bist der Freund in der Noth, Coelius!""

„Du machst Dir unnütze Sorge, Urfinia. Angelegenheiten rufen mich nach Rom, und ich will freilich dabei auch nach Aelanius sehen, der etwas unwohl sein soll. Doch ist es gewiß nicht so sehr Krankheit, als vielmehr Erregung über die Umwälzungen in Rom. Augustus hat plötzlich seine Tochter Julia für immer aus Rom gewiesen und nach Pandataria, einer Felseninsel nahe der Küste Campaniens, in Gewahrsam gebracht, ihre Freunde theils geächtet, theils verbannt. Unter diesen ist vielleicht auch ein oder der andere Bekannte, was Aelianus wohl zu Herzen gehen mag. Du siehst, es ist kein Grund, daß Du oder der Vater Euch beunruhigt, und ich bringe Euch bald günstige Nachricht oder Aelianus selbst heim!"

Urfinia erhob sich todtenbleich und mit weit geöffneten Augen, als erschaue sie etwas Entsetzliches in der Ferne. Dann sagte sie: „„Ich danke Dir, Coelius, daß Du Dir diese Reise vorgenommen. In Rom liegt ein todtkranker Mann, und ich werde selbst zu ihm gehen. Drusa mag mich begleiten. Den Vater kann ich nur Einem anvertrauen, nur Einen darf ich bitten, seiner Acht zu haben"" — sie stockte und reichte ihm nur bittend beide Hände hin.

„Du willst es — ich bleibe. Die Götter mit Dir, Urfinia!"

So führte er sie nun hinauf in das Haus, und als er dann langsam heimkehrte, lag ein feuchter Schimmer über seinen Augen. Den trug er nach Aquileja mit sich und noch hinein in das Haus Drusa's, der Schwester von Urfinia's Mutter.

Am selben Abend noch sprach Urfinia lächelnd zu dem Alten: „Vater, auch Du hast es schon oftmals bemerkt, wie schwach meine Sehkraft geworden ist, und ich fürchte um mein Augenlicht. In Rom lebt am Hofe des Cäsars ein vielberühmter Arzt, Antonius Musa, von dem sie sagen, daß er solches Leiden zu heilen verstehe. Zu ihm will ich denn gehen und Drusa wird mich hingeleiten. Während ich abwesend bin, wird Coelius aus Aquileja herüberkommen und mit Dir die Tage verbringen. Du aber sei frohen Muthes und" —

„„Und vielleicht bringst Du mir Aelianus heim!"" — rief der Alte, und indem er ihr die schmerzenden Augen küßte, weinte er vor freudiger Hoffnung und schluchzte wie ein Kind.

So kam es, daß Urſinia mit Druſa nach Rom ging.

Als ſie an Aelianus' Lager geführt worden war, da hatten ſich die wirren Phantaſien der Krankheit und das fiebernde Gehirn in ihm ſchon beruhigt, aber er lag bleich und hohläugig da wie ein Todter. Urſinia ſah es nicht wegen des Schleiers, der ihr vor dem Augenlicht dämmerte. Da nahm ſie ſeine Hand in ihre Hände und ſagte leiſe: „Aelianus!"

Er ſchlug die Augen auf und ſah ſie an, groß, verwundert und lange. Dann fuhr er ſich mit der freien Hand über die Stirne, als wollte er dort etwas wegwiſchen. „"Es thut mir leid um Dich, Aelianus!"" — murmelte er dabei mit gebrochener Stimme, ſchloß die Augen und ſchlummerte ein. Er hatte gefunden, dem er ſo lange nachgeſonnen, wann und wo jenes Wort zum erſtenmale an ſein Ohr gezittert hatte, und die Stimme, die es ausgeſprochen.

Als der Arzt kam und ihn ruhig athmen und ſchlummern ſah, ſagte er erſtaunt: „Seltſam und unerwartet — er iſt gerettet!"

Als er erwachte, und von da an zu jeglicher Stunde hörte er es wieder an ſein Ohr klingen:

„Aelianus!" Urfinia sitzt an seinem Lager und hält seine Hand. Sie redet nicht, warum sie die stille Heimat verlassen, und wozu sie hieher gekommen, auch kein Wort von der langen Zeit, die vergangen seit jenem sonnigen Herbsttage unter Pucinum — und Aelianus frägt nicht darnach. Sie erzählt ihm vom Meere, von den Blumen im Garten, vom Vater — wie ein süßes Wiegenlied dem müden Kinde klingt es an sein Ohr und summt ihn immer wieder sachte in den heilenden Schlummer, so daß ihm von Urfinia's Worten wie von wunderthätiger Arznei langsam und unvermerkt des Leibes Kräfte wachsen.

Nur die Seele ist noch siech und todesmüde. Als er das erstemal von dem Lager zu einem Sitze geführt worden war und nun zurückgelehnt in die sonnige Luft hinausblickte, wo die Vögel leichtbeschwingt an der Himmelsbläue hinstrichen, da sagte er zu Urfinia: „Weißt Du, wo Pandataria liegt? Sieh, dort muß es sein, wohin die Vögel ziehen, sie wandern alle fort von Rom, in die Verbannung, nach Pandataria!"

„„Auch wir wollen fortwandern aus Rom,

Aelianus, und heimkehren zum Vater, bald, recht bald: er harret schon lange sehnsüchtig Deiner!"'

"Er harret meiner. — Schon lange? — Es mag wohl so sein, schon im alten Homeros steht es zu lesen:

„Leise jetzt redete man und sprach die geflügelten Worte:
Niemand table die Troer und hellumschienten Achäer,
Daß um ein solches Weib sie so lang' ausharren im Elend!
Einer unsterblichen Göttin fürwahr gleicht jene von Ansehn!"

'„Du sollst dem Vater daheim wieder den Homeros vorlesen, Aelianus, wie sonst in früheren Tagen, es verlangt ihn unsäglich nach Deiner Stimme. O, Du mußt jetzt gesund und stark werden, denn viel, sehr viel wirst Du zu schaffen bekommen. Sieh, sogar meine Blumen warten auf Dich, und der ganze Garten, daß Du ihn gestaltest, wie Du es einst so schön ersonnen — erinnerst Du Dich noch — mit der großen freien Marmortreppe, welche Du hinab= bauen wolltest bis an den Meeresstrand und"' —

"Wohl, ich erinnere mich. Eine große freie Marmortreppe war es, auf der sie den Esquilinus emporgestiegen kam" —

„„und rothe Porphyrsäulen wirst Du vor das Haus stellen und neue Reben pflanzen für feurigen Wein"" —

„der vergessen macht, vergessen".

„„Nun mußt Du wieder schlummern gehen, Aelianus, ich will Dich stützen!""

So ging es lange fort, und seine Seele, welche wie ausgelöscht schien, flackerte immer nur in der Frage auf: „Weißt Du, wo Pandataria liegt?" — Urſinia aber redete dann von der Arbeit, die ihn daheim erwarte, von allem Guten und Schönen, das ungethan so daliege und harre, bis er herbeigekommen, vom Vater, von lieben Freunden in Aquileja. Davon stärkte sich auch allmälig seine Seele, so daß unter Urſinia's linden Worten nach und nach die wild auflohende Flamme zusammensank und als ein stilles Licht stetig fortzubrennen begann, sanft und langsam.

Dann konnte er auch schon hinausgehen unter den freien Himmel, und Alles war gut, und er weich und milde mit Urſinia, wie einst in den Tagen, da sie beide Kinder gewesen. So nahte endlich der Tag, da er heimkehren wollte unter Pucinum. Am Abend vorher führte er Urfinia durch die Gärten des Mäcenas den Esquilinus empor über die Riesentreppe mit den Marmorbildern der Götter. Oben auf der Runde wollte er Rom noch einmal überschauen und so von ihm Abschied nehmen für immer. Eine Weile sah er auch hinab, dann ging er nach der anderen Seite und blickte gegen Mittag hinaus.

Urfinia saß auf einem der Ruhesitze. Aelianus redete kein Wort, und rings um sie war es so todtenstille, als sei sie ganz allein. Der ganze Berg lag wie schlafend, und kein Lüftchen rührte sich. So blieb es lange. Da ging sie endlich hin, wo sie mit ihrem kranken Augenlicht Aelianus' Gestalt dunkel die helle Luft durchbrechen sah, und legte die Hand leise auf seinen Arm.

„Laß uns hinabgehen, Aelianus, mir ist hier oben ängstlich zu Muthe, ich weiß nicht, warum. Den Göttern Dank, daß es der letzte Tag ist in diesem bedrückenden Rom! Morgen entführe ich Dich zum Vater, welcher Dir die Arme sehnsüchtig entgegenstreckt, zu den Freunden, die freudig Deiner harren, in das Land Deiner Jugend, daß Dir blühend entgegenlacht, zu dem Meere, das Dir neue Lieder zuraunen und erzählen wird von den alten schönen Tagen!"

„„Und was, meinst Du wohl Urfinia, raunt und erzählt dort unten jenes tyrrhenische Meer, wenn es an den ausgelöschten Feuerberg schlägt, den sie Pandataria nennen? Auch ein Lied ist es, ein herzzerreißend wehes, das die Wogen dort düster rauschen an den schattenlosen, öden, furchtbaren Felsen. Traurig und weltfremd — murmeln sie — war Dir die freudlose Kindheit, Cäsarenkind, natternumschlichen die Jugend. Dem siechen Schwächling Marcellus, dem alten rauhen Agrippa, dem düsteren Tiberius vermälte man Dich — und Dir pochte in der Brust das nach Liebe zitternde Herz eines Weibes. Um Dich leben des Cäsars geschiedenes Weib Scribonia, Octavia, des Marcellus verwaiste Mutter, endlich des Cäsars Weib, die kalt berechnende hinterlistige Livia: Octavia und Livia Tag und Nacht Dich belauernd und mit Haß umwandelnd wie die grausen Erinnyen, Alle aber verbittert, Alle ehrsüchtig um Macht und Herrschaft buhlend, Steinbilder Alle, fühllos starr und kalt — und Dir wallte durch jenes liebesuchende Herz ein lebendiger warmer Blutquell. Tiberius soll emporsteigen auf den Thron des Cäsars, auf dessen Stufen schon Andere stehen, aber Livia versteht sich auf Gifte und andere Mittel, und die sie damit bedroht, sind Deine Kinder — und in Deiner Brust pochte das bebende Herz einer Mutter.

So trägt, was Dich umgeben, die eine Hälfte von der Schuld Deines Lebens, jenes Rom aber, das nicht Du geschaffen, sondern das Dich gemacht, die andere Hälfte — Du aber trägst für beide die ganze Strafe und stirbst dahin, verwiesen, geächtet, lebendig begraben auf Pandataria! — Hörst Du es stöhnen, Urſinia? Horche hinaus und lausche, denn Du hast es nie gehört und die Erde nicht, so lange Menschen auf ihr von den neidischen Göttern mit Leid geschlagen worden sind, und ihr werdet es nicht wieder hören, so lange auch noch Götter und Menschen sein werden — solches Aufstöhnen. Das ist die Antwort auf jenes wehe Meerlied und zittert hervor aus einer Menschenbrust, darin Schmerzen lasten gewaltiger

als die Himmelswucht auf dem gebeugten Göttersohne
Atlas. So stöhnt die Gebieterin des Erdkreises, deren
Welt nun ein erstorbener Krater, die göttergleiche
Cäsarentochter, mit der die elendste Sklavin nicht
tauschen möchte, das Kind, welches den Vater, die
Mutter, die ihre Kinder ruft! Hörst Du Nichts,
Urfinia?"" —

Am nächsten Morgen, als man nach Pucinum
aufbrechen wollte, war Aelianus nicht da. Urfinia
sagte nur: „Wir wollen warten, Drusa!" Und so
sagte sie auch am nächsten Tage und an den folgen=
den und harrte stille.

Dann kam ein Bericht nach Rom von den
Pontinischen Inseln. Ein junger Römer hatte, des
Augustus strengem Verbote trotzend, den tollkühnen
Versuch gewagt, in Pandataria zu landen. Da hatten
ihn die Wachen, als er auf ihre zurückweisenden
Rufe nicht geachtet, mit Pfeilen niedergestreckt, ehe
er noch den Felsstrand erreichte, und rücklings war
er aus dem Schiffe in das Meer gestürzt. So wußte
Niemand, wer der Verwegene gewesen war.

Urfinia wußte es. Aber sie sagte nichts, und

als Drusa hereinkommend ausrief: „Kind, was ist Dir widerfahren, daß über Nacht Deine Haare an den Schläfen ganz bleich geworden sind?" — antwortete sie nur: „„Wir wollen nun heimkehren, Drusa. Wir müßten zu lange auf Aelianus warten!""

Der Alte in dem Landhause unter Pucinum hatte indessen ungeduldig geharrt und zu Coelius, welcher fast nie von ihm wich, immer wieder gesagt: „O, laß nur Aelianus erst da sein, dann sollst du sehen, Coelius, wie ich wieder gesund und rüstig werden will! An schönen Tagen komme ich dann mit ihm zu Dir nach Aquileja, wie Du jetzt zu mir, und Aelianus soll uns Beiden wacker von Rom erzählen."

Als dann eines Tages Ursinia ohne Aelianus hereintrat und allein vor ihm dastand, bleich wie ein Marmorbild, da begrüßte er sie nicht, wandte sein Gesicht gegen die Wand und sagte nichts. Am anderen Morgen war er todt.

Nachdem die Leichenfeier vorüber war, trat Coelius vor Ursinia und sagte mit bebender Stimme: „Du bist nun ganz vereinsamt, Ursinia. Darum nahe ich mich Dir noch einmal als Flehender: Sei mein Weib! Wir wollen die Blumen hier wieder aufblühen machen zugleich mit Deinen bleichen Wangen und Deine Augen wieder heller sehen machen — ich habe Dich unsäglich lieb, Urfinia!"

„„Ich weiß es, Coelius. Du aber bist eines Besseren werth, Du sollst blühen in Segen und Freude; darum ziehe von dannen, Coelius: hier ist Alles für immer verwelkt in mir und um mich. Eines muß ich Dir noch sagen: unter allen erdenwandelnden Menschen bist Du der, den ich am meisten hochgehalten, zu dessen reiner hoher Seele ich aufblicke in demüthiger Ehrfurcht. Hätte ich noch Thränen, ich würde sie jetzt weinen, da Du scheidest, vor Rührung, wie Du so gut und treu bist, ein Herz von lauterem Golde. Ich danke Dir, Coelius, und die Götter mögen es Dir lohnen!""

Und sie lohnten es ihm. Dies war der einzige Wunsch Urfinia's während ihres ganzen Lebens, dem die Himmlischen Gewährung zunickten. Oben im Norden, wo Wälder weithin die dämmernden Lande durchrauschen, begruben ihn germanische Kriegsmannen neben einer alten Eiche, unter der er bald nach jenem Abschiede von Ursinia gefallen war mit Schild und Schwert.

Ursinia sandte den Rest ihres väterlichen Erbes und das, was sie in diesen Tagen von Drusa geerbt hatte, nach Rom an Jene, denen Aelianus noch etwas schuldete; ebenso den Erlös für Landhaus und Garten, die sie verkauft hatte. Der neue Eigenthümer kam bald und nahm Besitz von Haus und Gut; nur das enge Fischerhäuschen am Strande hatte sich Ursinia vorbehalten.

Dort blieb sie dann lange Jahre. Stumm und weltfremd ging sie an den Menschen vorüber. Sie war nun schon ganz erblindet, und die große weite Welt ein einziger Riesennebel, darin nur ihre Gedanken standen und ihre Erinnerungen wie feurige Flammen. Aber gleichwohl sah man sie zumeist auf der Strandtreppe sitzen, wo sie die erstorbenen Augen vor sich hin meerwärts gerichtet hielt, man wußte nicht, warum.

Vielleicht wußte sie es selbst nicht. Aber sie hatte ebenso einst wohl geahnt, daß Aelianus nicht zurück=

kommen werde, und doch hatte sie sich die Augen ausgesehen nach den heimkehrenden Schiffen; auch da er an jenem Morgen plötzlich verschwunden, hatte sie errathen, daß er in den Tod gegangen nach Pandataria, und doch war sie bei jener Nachricht von dem Römer, der von Pfeilen durchbohrt in's Meer gestürzt, in die zitternden Knie gesunken. Und so wußte sie auch, daß sie lange noch und langsam ihr Leben zu Ende führen müsse, und doch saß sie am Ufer, ob sie wohl eine mitleidige Welle davontrage und unten neben Einen bette, der dort schon längst ruhte am Meeresgrunde — oder wartete sie noch immer auf ihn?

Vielleicht — denn sie hat gewartet, so lange sie athmete. Ihr ganzes Dasein ist jenes Heldenthum gewesen, stärker und ehrwürdiger, als das der Thaten: ein stündliches Zusammenpressen des vollen knospenschweren, jungen Herzens, ein unermüdetes Hoffen ohne Glauben, ein endloses Warten, stumm, ohne Klage, ohne Thränen.

Siehst Du die blaue Blume dort? Ueber ihr steht der Himmel glühend und entzündet von der

Feuerkugel der Sonne. Da steigt es vom Aufgang leise herauf an dem strahlenden Himmelsrund, wie der Athem, der über ein ehernes vergoldetes Schild hinhaucht — ein graues Wölkchen. Unten starren zwei blaue Blumenaugen ersterbend nach ihm hin in Noth und weher Angst. Nur Ein Tröpflein von dem himmlischen Naß — und sie wird aufjauchzen und selig duften. Unsäglich langsam hebt sich die Wolke und hält auch zuweilen an, um zu rasten, dann wieder zieht sie ruhsam ihres Weges der Sonne zu, rings von ihr umgoldet. Endlich ist sie hoch oben und hat sich ganz vor die Sonne gestellt. Leise erhebt die Blume von dem linden Wolkenschatten, groß schlägt sie in dem milden Dämmern wieder die blauen Augen auf und blickt flehend empor. Lange stehen sie so — dann ist es vorbei und der Schatten verschwunden: lächelnd und goldumstrahlt wandelt die Wolke weiter. Die blauen Blumenaugen starren ihr nach — sie weinen nicht: es gibt viel wehere Thränen, wie sie die Seele nach Innen weint. In entlegener Ferne, wo die Sumpfrose aus giftigem Naß emporgetaucht ist, läßt sich die Wolke nieder, nutzlos den himmlischen

Segen vergeudend an des Gewässers vollgetränkte Blüthe, die den kostbaren Tropfen achtlos mit sich hinabreißt in die Tiefe. —

Die blaue Blume aber ist verdorrt. —

Augustus war zu den Schatten hinabgestiegen, Julia, sein verstoßenes Kind, ihm bald nachgefolgt, in dem weißen Hause unter Pucinum wurden Menschen geboren und bestattet — aber Ursinia wandelte noch immer auf der Erde. Sie war nun schon sehr alt und ganz verstummt. „Du thust mir leid, Aelianus!" — das waren die einzigen Worte, welche man zuweilen von ihr hörte, aber Keiner wußte, warum sie so sage, und was es bedeute; denn die jetzt unter den Blumen des Gartens herumgingen, waren schon Kinder jenes Geschlechtes, welches darum gewußt.

Dann kam ein Tag, da Ursinia wieder an dem Strande unten saß, zurückgelehnt gegen eine Stufe, stille und todt. Der Wind spielte mit ihren schnee= weißen Haaren, die Wogen rauschten das Sterbelied, und die blinden todten Augen starrten hinaus auf das Meer, wo die Schiffe gegen den Himmel stehen. Der Clematisduft kam herüber mit dem Murmeln der

Timavuswelle, und um die Blumen schwebte das sanfte Summen der Bienen; von oben aber unter den Ulmen klingt durch Lachen und Jauchzen das alte freudentrunkene Dionysoslied — Euoi Bacchus! Sie sammeln die Trauben für Livia, die Mutter des Cäsars Tiberius; denn immer noch lebt sie, und ihre Haare sind ebenso schneeweiß geworden, wie jene der Todten, welche dort unten sitzt.

Gute wie Böse lassen so die Götter gleicherweise alt werden. Ungleich nur messen sie Freude und Leid zu und betheilen damit seltsam dem erdgeborenen Geschlechte die Lebenslose. Ob dann das schwache Menschenherz überquellende Seligkeit mit sich herumträgt oder wuchtende Schmerzenslast: die Unsterblichen thronen droben ruhevoll, in dem ambrosiagenährten Ichor die ewige Jugend, im heiligen Angesicht das ewige Lächeln. Und Klotho spinnt und spinnt weiter an dem Faden und lächelt, sei er sonnenbestrahlt, sei er thränenbenetzt.

Nur Eine unter den Unsterblichen lächelt nicht. Wehmüthig sieht sie hinab auf den Faden, den ihr die Schwester zugesponnen. Und wenn jene träumt und sinnend innehält im Spinnen, dann hebt sie stille die Hand und schneidet ihn sanft und sachte ab. Jetzt lächelt auch sie einmal auf, doch nicht wie Jene, die dort oben thronen in selbstgenügsamer Seligkeit: blicke in Ursinia's Angesicht, oder in den stillen glänzenden Frieden auf den Zügen eines lieben Todten, oder auch hast Du etwa schon durch heiße Thränen das heilige Todtenantlitz Deiner Mutter in sanftem Schimmer strahlen sehen — siehe, das ist der leise Abglanz jenes kurzen Lächelns.

Die Alten nannten sie Atropos und meinten, sie sei eine Tochter der dunklen Nacht. Aber sieh ihre sanfte wunderbare weiße Hand — die leuchtet wie leiser Morgenschimmer. Darin hält sie stille die Scheere.

So sitzt sie und blickt barmherzig auf Deinen Lebensfaden hinab, ruhig und heilig.

Früher erschien:

Coloritstudien.

Novellen
von
Karl Erdm. Edler.

Inhalt:
Wilfrid. Eine gothische Studie.
Gábor. Ein Steppenbild.

Ein starker Band in Oktav von 328 Seiten. Preis 2 fl. oder 4 Mark.

Bei der Unmöglichkeit auf die zahlreichen Kritiken der hervorragendsten Blätter Oesterreichs und Deutschlands, die diese Novellen allgemein höchst günstig besprochen und sie vielfach an die Seite von Scheffel's Ekkehard gestellt haben, einzugehen, möge es uns wenigstens gestattet sein, zur Charakterisirung des Buches aus den Besprechungen der „Gegenwart" und der „Presse" einige Sätze anzuführen. Erstere sagt u. A.:

„Das vorliegende (Buch) verdient mehr als eine flüchtige Durchschau. Es ist das Werk eines feinen, vielversprechenden Talentes. — In den Schilderungen der Pußta verräth sich ein feiner Blick für das stimmungsvolle, mysteriöse Colorit der Haide. . . . . . . Aus diesen Daten webt er nun seine Erzählung mit so feiner Empfindung, mit so innigem Gemüth und mit einer so plastischen Darstellung. . . . . . Aber die handelnden Figuren sind wie bei Scheffel lebenswarm, individuell, durch das Colorit der Zeit nicht des Reinmenschlichen, uns ewig Nahestehenden beraubt; einzelne Bilder, wie z. B. die Scene am Kamin der Gräfin sind so vollendet gezeichnet, Naturschilderungen verrathen oft einen so echten Dichterblick, daß man in dem Verfasser nicht mehr den Anfänger, sondern den künftigen Meister erblickt."

Die „Presse" sagt nach einer lobenden allgemeinen Einleitung speciell von der ersten Novelle:

„Dem Mönchsleben weiß E. andere, wenn man will ergänzende Seiten abzugewinnen. Er hat mehr Innigkeit als Humor; wie ein Eingeweihter und ein Theilhabender schildert er das Klosterleben, während Scheffel die Möncherei doch etwas von oben betrachtet. Das Verhältniß zwischen der Burgfrau und Wilfrid, dem in ihrem Antlitz das Frauen-Ideal lebendig wird, der in Andacht und Schwärmerei seiner Madonna ihre Züge leiht, ist mit züchtigster, mit jungfräulicher Zartheit behandelt." Gábor, die zweite Novelle, vergleicht sie mit einer „großartigen Symphonie" und schließt dann: „Wer das Heimweh nach der Steppe, die Wanderlust und Ungebundenheit der braunen Nomaden begreifen lernen und den Charakter der Zigeunermusik erfassen will, der wird dies Steppenbild wie mit Vergnügen, so mit Nutzen lesen."